誰かこの状況を説明してください！
～契約から始まったふたりのその後～

Otomo Books

CONTENTS

登場人物紹介
サーシス
(CV.前野智昭)
超名門貴族・フィサリス公爵家当主。
超絶美形で仕事もできる旦那様だけど、
肝心のヴィオラを前にすると
途端にヘタレてしまう。
ヴィオラ
(CV.七瀬亜深)
元貧乏貴族・ユーフォルビア伯爵令嬢。
明るく前向きなしっかり者。
公爵家奥様として成長中!

カルタム
（CV.岸尾だいすけ）
料理長。
おちゃめな一面も。
ベリス
（CV.津田健次郎）
庭師長。
寡黙な温室の魔王様。
ロータス
（CV.白井悠介）
執事長。
サーシスの片腕として
信頼も厚い。
ステラリア
（CV.佐土原かおり）
ヴィオラ付き侍女。
カルタムの娘。

プロローグ

フルール王国王宮内にある国教会の神殿に幸福の鐘——結婚式の際に鳴らす鐘——の音が響き、私ことヴィオラ・マンジェリカ・ユーフォルビア伯爵令嬢が、サーシス・ティネンシス・フィサリス公爵様の妻になったのは、もう一年以上前のこと。

この国一番の超名門お貴族様である旦那様には長いお付き合いの彼女さん——カレンデュラ様——がいました。でもその彼女さんは身分とか出自が怪《あや》しくて、周りの人々は交際自体に大反対。あまりの逆風に、さすがの旦那様も彼女さんとは結婚できませんでした。

そこで彼女さんと別れるつもりのない旦那様が考えたのが、いわゆる〝契約結婚〟。『お飾りの妻』と結婚して、彼女さんとの生活を続けようというわけです。

旦那様は超美形・超お金持ち・おまけに騎士団の中でもエリートと、神の祝福受けまくりの完璧《かんぺき》イケメン。旦那様に憧《あこが》れないお嬢様なんていないという感じなのですが、そんなお嬢様だと『愛人込みの契約結婚』なんて承諾《しょうだく》してもらえるわけがありません。

そこで白羽《しらは》の矢《や》が立ったのが私。

地味・貧乏・そして斜陽貴族、ちょっとは旦那様にあげた祝福こっちに回してよと神を呪《のろ》いたくなるほどの低スペックの私は、旦那様のことなんてちっとも知らなかったし興味もありませんでした。だからこそ選ばれたんですけどね。

『愛人込みの仮面夫婦』を強《し》いる代わりに『実家の借金の肩代わり』という素晴らしい提案をいただきましたので、喜んで政略結婚……いえいえ、契約結婚に応じさせてもらいましたよ！　どうせこの先結婚するか（できるか？）どうかも怪しかったし。

そうして始まった旦那様抜きのお屋敷生活は——はっきり言ってとっても快適でした。

もともと高貴な育ちをしてない私。セレブな奥様然としてじっとしてるなんてできません。そこで、使用人さんたちに無理を言って掃除や洗濯、庭いじりに料理まで、あらゆることに参加させてもらうようになりました。

なぜって？

そりゃあ『公爵夫人』をクビになっても路頭に迷わないためですよ！

公爵家の使用人さんはハイスペック。超一流の使用人スキル、間近にいるんだから盗む……こほん、習得しないでどうするの。手に職つけとけばどこにでも就職しやすいでしょ？

ちなみに食事だって、だだっ広いダイニングで一人飯とか泣いちゃいそうなので、使用人さん用ダイニングで使用人さんたちに混じって賄《まかな》い食べてます。いやぁ、ワイワイ賑《にぎ》やかに食べる食事は美味《おい》しいわ。

結婚する時の条件『衣食住全部面倒見ます、恋人作ろうが何しようが好きなようにしてもらって結構』という旦那様の言葉を自前解釈&フル活用してますが何か？

優しい使用人さんたちに囲まれて、旦那様抜き万歳！　お留守大歓迎！　って感じでお屋敷生活をエンジョイしてたんですが。

な・ぜ・か、旦那様が私の元に来てしまいました。

あんなに大事にしてたはずの彼女さんと修羅場《しゅらば》を演じて別れてまで！

どうしてこうなったし。

それからいろいろありまして、旦那様とは仲良くなりました。普通の夫婦になった、って感じですね。

旦那様なんて今や『愛妻家』とか言われてるし。ちょーウケますね。

ということで、結婚して一年以上経《た》ちましたが、まだ奥様業はクビになっていません。

「じゃあ、行ってきます」

「行ってらっしゃいませ！」

仕事に行く旦那様を送り出して、私の一日は始まります――。

一・楽しいお屋敷生活

「旦那様を見送ったらレッツ家事！」

王宮付き騎士団の近衛《このえ》部隊に所属する旦那様がお仕事に出かけたら、私は使用人さんたちが着ているお仕着せに着替えます。

「良家の奥様のセリフとは思えませんが」

私付き侍女のステラリアは、嘆きつつもちゃんとわたし用のお仕着せを準備してくれるんですよ！　というか、私が使用人さんに混じってあれこれするのはもはや日常ですからね。なんといっても結婚当初から続く〝日課〟ですから。きっと私の〝使用人スキル〟はかなり上がってると思います。

「私もなかなか使用人スキル身についたんじゃない？」

「ええ、そうでございますね」

「もともと手際《てぎわ》がよろしゅうございましたし」

ふざけて周りの侍女さんたちに聞いたら、生温かい微笑《ほほえ》みが返ってきました。

う～ん、やっぱり公爵家の使用人さんから見れば、私なんてまだまだかあ。これでも家事手伝いは得意だったんですけどね。というのも、実家では使用人を雇うお金が惜しいので、お母様と私がせっせと家事をこなしていたからです。炊事・洗濯・掃除なんでもござれ！　だから元々ある程度は家事スキル持ってたんです。

しかし公爵家の使用人さんは格が違いました。

みんな職業養成専門学校を首席で卒業したような人ばかり。いわば『使用人界のエリート』です。私の『なんちゃって家事』とは心構えからして全然違うんですよ。

でもまあ、それなりにできてると思っていいよね？

「これでもはやいつ奥様クビになっても大丈夫！」

「それ、旦那様の前で言っちゃダメですよ。きっと泣いちゃいますから」

「でしょうね」

ステラリアの冷静なツッコミに私は頷《うなず》きました。だって最近の旦那様ってば甘々溺愛《できあい》モード全開なんですもん。『離婚』とか言い出した日にゃ、世界が終わるってくらい絶望するんじゃないでしょうか？


なんて雑談しつつも手は休まず、テキパキと掃除道具を準備していきます。


さっさと用意ができたらいざ出陣。

公爵家は広いので、たくさんの使用人さんで手分けして掃除していきます。

どの部屋も高価なものばかりなので、細心の注意を払わないといけません。だからといって丁寧《ていねい》に時間をかけてると日が暮れます。スピーディーかつ手際よく掃除をしないといけないので、ただの掃除と侮《あなど》るなかれ、なかなか骨の折れる仕事なんですよ、これが。

私はできるだけみんなの邪魔《じゃま》にならないよう、窓を拭《ふ》いたり机を磨いたりしています。

ちなみに高いところは「危ないからいけません」と禁止されています。意外と過保護なんですよね、うちの使用人さんたち。

「じゃあ今日も張り切って頑張りましょ～！」

「「「はい！」」」

窓拭き係、床拭き係、ホコリ取り係、それぞれモップやほうき、雑巾《ぞうきん》を手に、持ち場に分かれました。今日の私は窓拭き係（ただし手の届く高さまで）です。

「さあ今日もピッカピカに磨くぞ～」

私は雑巾と、掃除の時に役に立つ果実シネンシスの皮を手に、窓に向かいました。

公爵家はどのお部屋も大きなガラス窓があります。天井から床まで、壁が一面ガラスという部屋もあります。

「しかし大きなガラスよねぇ。見るからに高そう」

「そうですわね。我々には想像もつきませんね」

脚立《きゃたつ》に乗って窓の上部を掃除している使用人さんとおしゃべりしながら、私もキュッキュとガラスを磨きます。

ガラスはそもそも高級品。小さいものでしたら庶民でもなんとか買えたりしますが、大きさによってはとんでもないお値段になるそうです。大きなガラスを作るのは熟練の職人さんしかできないからなんですが、壁一面のガラス、しかも一枚ガラスとか……ガクブル。お屋敷にはそんな明らかに高価そうなガラスがふんだんに使われています。お屋敷を建てた時、いったいどんだけかかったんだろうか……。

「割ったらそれこそ大事《おおごと》だわ。丁寧に磨かなきゃ」

「奥様が割っても大丈夫と思いますが」

「だって私、弁償とかできないし！」

「そんな……ふふふ！」

私は真剣に言ってるというのに使用人さんたちは笑う笑う。どうしてだよ。

私が不満げにじとんと見ているのに気付いた使用人さんが、目尻に浮かんだ涙を拭《ぬぐ》いました。

「旦那様にとってはガラスよりも奥様の方が大事ですからね」

「そうかなぁ？」

「もちろんです」

以前、私はエントランスに飾ってあった置物を落として壊したことがありました。聞けばそれは先々代様のお気に入りの品だったとか。

「高級品壊してもうた」と、パニックになるくらい私は凹《へこ》んだんですが、その時旦那様は、怒るどころか私を心配してくださいました。落ち込みすぎて実家に帰った私をわざわざ迎えに来てくださったし。う～ん、優しいなぁ。

もし私がガラスを割ったとしたら……怒られはしなくても「なぜヴィーがガラスを割ったんだ？」と、旦那様から原因を聞かれることは必至《ひっし》でしょう。あ、それは困るわ。だって。


使用人さんに混じって掃除やら洗濯やら家事をしていること、旦那様には内緒だから……！


やらかしてはいけない。

やっぱりおとなしく、できる範囲《はんい》でお掃除することにします。


高価なものはガラスだけではありません。

重厚なカーテンは光沢《こうたく》も美しい高級織物。絨毯《じゅうたん》も、高級絨毯で有名なところのもので、毛足も長くふかふか。家具調度類はアメ色の輝きも美しいアンティークの逸品ばかりです。ちなみに私にはそんな高級品に対する審美眼とかありませんので、どれも執事長ロータスや侍女長ダリアから教えてもらいました。だって実家は質素倹約がモットーの由緒《ゆいしょ》正しい貧乏だったんですもの。高級品とかにはまるっきり縁なし。

そんな私にですら、うっすら「これ、お高いんだろうな」とわかるものばかりなので気が抜けません。

「雑巾の汚れた水とか、絨毯にこぼせないわね」

「汚れたところで私たちがリカバリーしますから、奥様はご心配なく！」

「さっすが！　心強い！」

それでも気をつけますけどね！


掃除が終わったら、次は庭師長のベリスからお花をもらってきて、お屋敷中に飾ります。

ベリスは見た目無骨な強面《こわもて》イケメンさん。私は密《ひそ》かに『温室の魔王様《オランジュリー》』と名付けています。たまに心の声が駄々《だだ》漏《も》れてブリザードくらいます。

そんなベリスですが、花や木のことにとっても詳《くわ》しく、超一流の庭師さんなんですよ。植栽に植え替え、剪定《せんてい》と、ダイナミックな仕事をこなしたかと思えば、繊細《せんさい》なブーケとか花かざりも作れちゃうしね！　パーティーなんかで私の髪を華《はな》やかに演出してくれている生花の飾りは、いつもベリス作です。


まあそれはいいとして。

広大な公爵家の庭園、ベリスを探し回ると日が暮れてしまいそう、もしくは遭難しちゃうかもですが、温室にいることが多いので助かります。いちおう、まだ庭園で遭難したことはありません。

「ベリス〜！　今日はどのお花が綺麗《きれい》に咲いてる？」

「ああ……奥様。そうですね、今日はあちらのが綺麗に咲いてます」

「ほんとね！　じゃああれを飾りましょう」


侍女さんと一緒に温室の扉を開ければ、いつも通り花の手入れをしているベリスがいました。私が来ることを見越しているから今日の花は選定済みのようで、ベリスの指したところを見ると、色とりどりのバラが満開でした。

毎日新鮮なお花を飾れるって、贅沢《ぜいたく》だけど素敵！　あ、実家でも飾ってましたよ？　庭に自生している雑草の花ですけど。

ベリスに続いてバラのエリアに向かいます。

「バラは棘《とげ》があるので、奥様は触らないでください」

「は〜い」

「わたくしたちが運びますから、奥様は触らないでくださいね」

「二回も言わなくていい！　触らないから！」

ベリスに続いて侍女さんたちにも言われましたけど、私は子供じゃないんだから一回言えば十分だって！

ベリスがバラを切り、トゲの処理をしたのを侍女さんたちが種類ごとに分けてくれます。私はそれを見ながら、どこに飾ろうか考えます。

「廊下は暗めだから、明るい色がいいわね」

「そうですね」

「サロンは……そのピンクはかわいらしすぎるかしら？」

「サロンは広いので、豪華な方が映えるのでは？」

私がお屋敷に来る前はそんなことをしていなかったようで、花を飾るようになってから旦那様に「屋敷が明るくなった」と言ってもらったことがありましたね。あの時はまだ別棟《べっとう》に彼女さんがいらっしゃいましたけど。

「ねえベリス。どう色を組み合わせたら豪華に見える？」

「そうですね。この色とこの色、それから引き立て役に別の種類の小さい花を――」

ベリスと花の盛り方を相談して、必要な分を切ってもらいます。

私と違ってベリスは色の組み合わせや飾り方のセンスがすごくいい。うらやましい。見た目とめっちゃギャップだよ、魔王様。

盛り方を決めたら、あとは飾っていくのみ。

サロンはゴージャスに、ダイニングは華やかに、寝室は清楚《せいそ》に。少しずつ変化を加えて飾っていきます。小さなかわいらしいのは、使用人さん用ダイニングに。廊下にも、窓の前には花瓶が置いてあるので忘れずにね。

エントランスには花は飾りません。だって旦那様が選んでくれた観葉植物が置いてありますからね！　ええ、私が壊した置物の代用品です。

まずはサロンの花瓶に花を生けました。

「いつもこうして普段使いとして花を生けてるけど、この花瓶だって逸品なんでしょ？」

ふと何気なくロータスに聞いたら、

「そうでございますね。そちらは数代前の当主様が国王様から下賜《かし》されたものとお聞きしております」

「聞いたらビビるやつだった……聞かなきゃよかった」

ロータスの説明に、血の気が引くかと思いました。これからはもっと気をつけて触ろうと思います。

お屋敷中に花を飾り終えたら、次は厨房《ちゅうぼう》で、今日の晩餐《ばんさん》の献立を料理長のカルタムと一緒に考えます。

「マダ～ム。今日はどこの郷土料理にしましょうか～？」

休憩《きゅうけい》を兼ねていますので、マグカップに入ったお茶を使用人さん用ダイニングで飲んでいると、厨房からカルタムが声をかけてきました。

ゆるい癖《くせ》っ毛《け》のちょい悪オヤジ風なカルタム。ちょい悪？　チャラい？　いやいや、フェミニストです。

普段はゆる〜い口調のチャラいキャラですが、料理してる時は別人のように厳しくなるんですよ。そしてその腕は天下一品！　お料理お菓子、どれも超絶美味しいんです。王宮付きのシェフに勝《まさ》るとも劣《おと》らない料理人だと思います。

「えーとね、前に出してくれた鳥のコンフィが食べたいです。あれってどこのお料理かしら」

「リゴールですね〜。今日はちょうどいい鳥肉が入ってるので、メインはそれでいきましょう」

「わぁ！　楽しみです！」

公爵家の料理人さんたちは地方出身の方が多いので、せっかくだからその郷土料理を味わいたい、そして旅行気分を味わいたい、ということで始まった『賄い郷土料理』はまだ続いています。そしてそれは賄いだけでなく、旦那様にも出す、ちゃんとした晩餐にも反映するようになりました。旦那様だけでなく義父母《ぎふぼ》にも好評でしたよ！


お昼ご飯を使用人さんたちと一緒に賄いをいただいたら、午後からは緩《ゆる》めに動きます。

庭園の片隅、別棟の裏に、ベリスがわたし用にと作ってくれた庭園があります。

そこは私が〝適当に〟花を植えられるようになっています。土さえあればどこでもいいじゃんとか、そんな考えはノンノン。庭園はベリスがきちんと計算して手入れしていますから、そこに『わたし』という適当要素が入ったら台無しになっちゃうからです。

なんでそんな『ワタシ庭園』ができたかっていうと、それは旦那様がよく花の苗を買ってくれるようになったから。

高価な贈り物よりも素朴《そぼく》な花の方が喜ぶと知った旦那様が、出張のお土産《みやげ》だ～とかなんとかで贈ってくれるんです。しかも切り花より花の苗の方が喜ぶので、むしろそちらを。

それを私が適当に植える、と。

『ワタシ庭園』にはその花たちを間近で愛《め》でるためのくつろぎスペースもあります。

ふかふかの芝生だったり、ソファも完備の東屋《あずまや》だったり。それも旦那様が作ってくれました。

そこでくつろいだりお茶したり、ごくごく親しいお友達を招待してお茶会をしたりできる『ワタシ庭園』は、とってもお気に入りの場所です。

「ピエドラで買ってもらった花、今が見頃ね」

「そうですね」

「今度の旦那様のお休み、雑草を綺麗に掃除して、ここでランチしてもよさそう」

「まあ。きっと旦那様も喜ばれますよ」

次のお休みはここでゆっくりしようか、なんて予定を考えながら草むしりをし、そのままおやつの時間に突入したりしていると、あっという間に時間は過ぎ、

「そろそろ旦那様のお戻りの時間でございますよ」

ロータスが呼びに来ました。

そろそろ『使用人ヴィーちゃん』から『奥様ヴィーちゃん』に変身しないといけませんね！

「お帰りなさいませ、サーシス様！」

旦那様が帰ってくる前にはお仕着せから普段着に着替えて、何食わぬ顔してお出迎えします。

「今日も一日楽しく過ごせたかな？」

「はい！　もちろんです」

きっと旦那様の考える『奥様生活』ではないと思いますが、ワタシ的には楽しい時間を過ごせてるので問題なし！

二・フルール王国の流行

旦那様が仕事に出かけてお留守の間、掃除洗濯などなど毎日ほぼ使用人さんのような生活を送っていますが、そればかりじゃないんですよ！　ちゃんと奥様教育も続行されています。

特に雨の日！


朝起きて窓の外がどんよりしていたら、私の心もどんよりするんです。

だってダンスに体術・剣術、それが終わればお茶にお食事のマナーレッスンが待ってるんですよどんだけスパルタなんだ。

「雨ですよ……」

どよんとしながら外を睨《にら》んでいると、

「ん～？　ああ、今日はダンスの稽古《けいこ》するんだね」

旦那様も目を覚まし、私の顔を見て苦笑しました。

「はい。ダンスだけじゃ済まないでしょう」

「頑張って、としか言いようがないなぁ。来週、王宮で夜会があるから、それに向けての練習と思って」

「え？　夜会あるんですか？」

「言ってなかったっけ。招待状はロータスが持ってるから、あとで見せてもらって」

「行きたくないけど、王宮のじゃ仕方ないですね」

「うん、そうだね。諦《あきら》めて」

お稽古だけでなく、夜会というさらに『どんよりワード』が加わり、朝からブルーになっちゃいました。


雨の日はお洗濯できるものも限られてくるし、庭園にも出られないしでなかなか退屈です。そんなおヒマ時間を有効に使いましょうか、と始まったのがお稽古です。一流貴族の奥様になったんだから、身なりだけじゃなくマナーや仕草、社交も完璧じゃないとダメなんです。

結婚した当初は〝それなり〟だったダンスやマナーも、公爵家のハイスペック使用人さんたちによるスパルタ教育のおかげで、今やどこに行っても恥ずかしくないレベルに到達しています。王宮で王妃様たちとお茶だってしてしまいました！

だからと言ってそれをゴールにしてくれないのがうちの使用人さんたち。

「キープするためにもお稽古は続けましょう」

ロータスがにっこり微笑んで言いました。にこやかだけど『否《いな》』とは言えないオーラを発するのがロータスの得意技。

「ハイ、ガンバリマス……」

アハハハハ～と乾いた笑いで答えるのが精一杯。あ～、これで全身筋肉痛まっしぐらのお稽古決定です。

今日はロータス先生によるダンスのレッスンです。

ダリアの奏でるピアノとロータスの手拍子に合わせて簡単なステップからおさらいしていきます。徐々に慣れてきたら難しいステップを入れていくのですが、それだってもはや楽勝ですよ。貼《は》り付けた笑顔も忘れずに☆

「今日は絶好調でございますね」

「ほんと？」

「はい。体の軸もブレておりませんし、ステップも正確でございます」

「やった！　褒《ほ》められた」

今は威圧感のない笑みを浮かべているロータスと、ステップを踏みながらでも会話できるんですよ！

思い起こせば最初の頃はステップが気になるわ、軸がブレるわで会話どころか自分の足元見てばかりだったのに（そして「足元見ない！　顔上げる！」と怒られるループ）。我ながら上達したもんだ。

「これで来週の夜会も大丈夫でございますね」

「あ〜それ、サーシス様から今朝聞きました。王宮の夜会でしょ？」

「そうでございます」

「断れない社交《おしごと》は参加しないといけないルールだもんね」

「そうでございますね。他にもサングイネア侯爵家、カプセラ伯爵家とセダム伯爵家からもパーティーの招待状が届いております」

さすが旦那様だけでなく私のスケジュールもバッチリ管理しているスーパー執事のロータス。この先招待されているパーティーがすらすらと出てきます。

サングイネア侯爵家？　サラッと聞き流しそうになったけど、私の数少ないお友達の一人、アイリス様のおうちじゃないですか。

「あら、アイリス様のところのパーティー？」

「左様《さよう》でございます」

「じゃあそれは参加しないといけませんね」

「ではそのようにお返事させていただきます。あとの二つは、どちらも参加の必要はないと判断しております」

「了解です」

結婚する時に旦那様から提示された契約のうちの一つ『必要な社交のみ参加』というルールはま

だ活きています。

王宮主催やどうしても外せない社交以外は参加しなくてもいいというこのルール、社交めんどくさい、派手なこと嫌いな私にとってはめちゃくちゃ魅力的です。てゆーか、旦那様にとっても都合いいんじゃないかな？　だって旦那様も社交はあまりお好きじゃないですしね。

ということでやたらパーティー参加率の低い私、『幻《まぼろし》の奥様』という不本意な二つ名で呼ばれていたこともありました。フィサリス公爵様、結婚したけど肝心の奥様全然見かけないね☆　という意味で。でも最近は社交界にお友達もできましたので、参加するパーティーやお茶会がこれでも増えたんですよ。もう幻とは言わせない。

アイリス様のところは参加とお返事するとして、来週の夜会の準備もしないといけませんね。

「レッスンが終わったら、ドレスやお飾りについてステラリアやミモザと相談しなくちゃ」

「どのようなドレスがいいか、考えておきますね」

「よろしく！」

レッスンを見守っていたステラリアが、そう言って先に寝室に向かいました。先に行って、衣裳部屋のような大きなクローゼットの中から吟味するんでしょう。

うちの侍女さんたちは私を着飾らせるのが好きみたいで、いざ盛装となると嬉々《きき》として張り切りだすんですよね。

きっと寝室では、ステラリアとミモザを中心に「あーじゃない、こーじゃない」と衣装選びをするんでしょう。

そして夜会当日。

ステラリアたちが選んだのはパステルイエローのベアトップのドレス。

ウエストのアシメトリーなリボンがポイントのシンプルだけど洗練されたデザインは、たっぷりのタックが重厚で素敵です。

「胸元がスカスカ」

「大丈夫です！　寄せて上げましょう！」

「寄せるものがないっちゅーの！」

みんなにはスレンダーだ華奢《きゃしゃ》だと褒めてもらえますが、必要なもの《胸》まで華奢だとツライ。胸元のお飾りとウエストの大きなリボンが目を引くから、ひんぬーはスルーしてもらえるかな？

お飾りはもちろん、最近絶賛売り出し中の『ヴィオラ・サファイア』です。

公爵家領の鉱山で採れる最高級サファイアですが、旦那様が何を勘違いしたのか『ヴィオラの瞳《ひとみ》のように綺麗だから』と、こんなネーミングにしてしまいました。私としてはめっちゃ恥ずかしいから変えていただきたいんだけど。

ネーミングはともかくサファイアとしては間違いなく逸品なので、パーティーに出るたび宣伝しています。おかげさまで売れ行き絶好調！　めっちゃお高いのにバンバン売れるって、みなさんお金持ちなんですね！

　ということで私は広告塔ですから、首飾りに耳飾り、毎度自社商品を身に着けております。


「ああ、これも忘れちゃダメだよ」


　そう言って旦那様が自ら私の指に嵌《は》めたのは、細かいダイヤとルビー、そしてサファイアがグラデーションも美しくみっしりとちりばめられた指輪。

　パヴェセッティングも素晴らしいその指輪は、旦那様がどこかで聞いてきた外国の習わしに感化されて作ったものです。

　その国では指輪を嵌める指によって意味があるそうで、旦那様が強く推したのは『左手の薬指』でした。なぜそこ？　と思ったら左手薬指には『愛の進展を深める・愛の絆《きずな》を深める』という意味があるからでした。

　ロマンチストな旦那様の好きそうなことですよねぇ。

　ちなみに私のだけでなく旦那様も自分用の指輪をお揃《そろ》いのデザインで作ってました。

　私のはサファイアとルビーとダイヤモンドの三色使いなのに対して旦那様のはサファイアとダイヤのクールな色使いです。剣を扱うお仕事なので、普段はチェーンに通して首から下げていますが、こうした夫婦揃っての社交の時には指に嵌めています。

　この指輪、綺麗なだけでなく護身用というか攻撃手段にもなるんですよね。

　指輪を嵌めた方の拳《こぶし》で敵の急所を一撃！　以前この指輪のおかげで私自身助けられたことがあ

りました。思えばあの時この指輪がなかったら、相手をノックアウトできたかどうか。もうあんなこと、二度と起きない方がいいけど。

そういう意味でもこの指輪には思い入れが深いですね。

綺麗なだけじゃない、大事な大事な指輪です。

「あ～、ヴィーは今日もかわいい。今日も綺麗だ。よその男どもの目に触れさせたくない……っ！」

「ダークスーツをビシッと着こなしてる旦那様こそかっこよすぎて、お嬢様方の視線を独り占めしてしまいそうですよ～」

「ええ、そうかな～？」

「そうですよ～妬《や》いちゃいますよ～」

「それは困るな」

「じゃあ今日の夜会はお休みしちゃいましょう！」

「そうしよう！」

お支度の整った私を見て旦那様が盛大に褒めてくれるのでノリノリで答えたら、

「――コホン。いつまでイチャイチャしてるんですか。夜会に遅刻しますよ」

ブリザードをまとったロータスにつっこまれました。あ、ヤバいです。怒ってます。

「嘘《うそ》ですごめんなさい！　行ってきます!!」

旦那様と私は慌《あわ》ててロータスの前から逃げ……ではなく、夜会へと向かいました。


「今日もサファイアの宣伝頑張らないとですね！」

「お、今日のヴィーはえらく燃えてるね」

なんて話しながら会場に着くと、すでにたくさんの人が集まっていました。

まずは国王様たちにご挨拶《あいさつ》です。


「今宵はお招きいただき、光栄に存じます」

ビシッと騎士様の礼をする旦那様の横で、私も淑女《しゅくじょ》の礼をします。

「今日は来てくれてありがとう。ヴィオラも元気にしていたか？」

「はい、ありがとうございます」

国王様が気さくに声をかけてくだされば、その横からは、

「今日も素敵なお飾りを着けてるわね。かわいらしい貴女《あなた》によく似合ってるわ。それも今話題の

『ヴィオラ・サファイア』？」

王妃様が私のお飾りを目ざとく見つけて聞いてきました。

「そうでございます」

「社交界で今一番話題の宝石だものね。やっぱりとっても綺麗だわ。仕立てはポミエールの宝石商でしてもらったの？」

「はい。でも意匠《デザイン》は侍女たちと共同でしていただいています」

「まあ！　やっぱりすごいのね、公爵家の使用人は」

王妃様が驚いていますが、うちの侍女さんたちには朝飯前です。お飾りだけじゃなくドレスだってマダム・フルールと一緒にデザインしちゃいますからね。

というか王妃様の耳にまで届いてましたよ『ヴィオラ・サファイア』。もうこれ、宣伝いらないんじゃね？

私がサファイアの認知が思わぬところまで進んでいたことに驚いていると、

「ねえ、陛下。私も一つ欲しいですわ『ヴィオラ・サファイア』」

「ふむ、そうか。なあ公爵、宝石を仕立てるとしたらどういったものがオススメかな。首飾りはもう十分にあるし」

王妃様がいきなりおねだりして二度びっくりです。国王様もさらっとお願い聞いちゃってるし！

ここでまさかの商談成立？

「そうでございますね。まだ流行とはいかないまでも、密かにオススメしているのが指輪でございます」

「指輪？」

「はい。でもただの指輪ではございません。夫婦お揃いで着けるのです。外国の――ヒイヅル皇国の習わしなのですが――」

私のように驚くこともなく、旦那様は指輪の話を国王様に始めました。

「ほう、それは面白《おもしろ》そうだな！」

旦那様の話に熱心に聞き入っていた王様と王妃様が目を輝かせています。この人たちも旦那様と同じくロマンチストなのでしょうか？

「私もそう思い、妻とお揃いで作ったんですよ」

こちらです、と言うと旦那様は私の左手をそっと持ち上げると、自分の手と一緒に国王様に見えるように掲《かか》げました。

二人の手を寄り添わせて、お揃い感もアップです。

「なるほど。それも『ヴィオラ・サファイア』を使っているんだな？」

「そうでございます。妻の指輪にはピジョンブラッドも使用しております」

「それはまた豪華だな！」

国王様は私の指輪をまじまじと見て感嘆の声をあげました。はい、一つ一つの石は小さいけど、やたら高価で豪華なんです。でも自社商品だからタダなんです。

国王様と王妃様はしばらく私たちの指輪を見ていましたが、ほう……とため息をつきました。

「——緻密《ちみつ》で綺麗なセッティングね。私の持ってる指輪はどれも宝石ドーン！　っていうものばかりだから、こういうの、いいわよね」

王妃様の言う『宝石ドーン！』って、家宝……いや、国宝級の一粒宝石なんですよね。やたらカラット数のでかいやつ。

まあそれからすれば小さい石をみっしり詰め込んだパヴェセッティングは見た目も新鮮です。

「では王妃も気に入ったようだから、私と王妃の分を作ってもらおうかな」

王様、今サクッと注文しましたね！

「ありがとうございます。では、後日詳しいお話を聞かせていただきます」

旦那様、サクッと受注しましたね！

「これはプライベートなご依頼ですから、お代はきちんといただきますよ」

「もちろんだとも！　私のポケットマネーで支払ってやるぞ」

「当たり前です。国庫から出したらクーデター起こりますよ」

旦那様、国王様とすごくフランクに話してる⁉　……旦那様の違った面を見た感じです。

王宮での夜会で『ヴィオラ・サファイア』を宣伝するぞ～と意気込んではいましたが、まさか国王様が釣れる……おっと、買ってくださるなんて考えもしませんでした。

三・効果絶大！

後日改めて旦那様が国王様のところに行って指輪のデザインなどの詳細を詰めてきました。

「デザインは僕たちのと同じパヴェセッティングでぐるっと一周石を並べるので。陛下はダイヤだけ、王妃殿下はサファイアだけでグラデーションにしてほしいそうだ」

「サファイアだけでグラデーション⁉　わぁ、それも素敵ですね」

「ああ」

『ヴィオラ・サファイア』と名付けられたサファイアは色や大きさなどの基準を満たしたものだけですが、それでも石は天然ものだから、色に多少のばらつきがあります。それを絶妙なグラデーションに……って、考えただけでものすごく繊細な仕事ですね！　人件費がかさみそう……って違うか。

「ダイヤにしても最高級品で作るんでしょう？　いったいおいくらするんだか……」

いまだに庶民感覚な私には見当もつきません。指折り数えてガクブルしちゃいます。

「大丈夫大丈夫。いくらかかったって陛下が払うんだから」

「まあそりゃそうですけど」

「僕たちはこれまで以上に完璧な品を作ることだけを考えてたらいいんだから」

「そうですね！」

私があれこれ考えても仕方ない。

私との会話を切りのいいところで終えると、旦那様はすぐにビジネスモードに切り替わっちゃって、

「ロータス、鉱山からの報告は？」

「はい。陛下からのご注文の分は十分に用意できるそうです」

「そうか。じゃあ石の納期を宝石商に伝えて。ついでに宝石商には指輪の完成がいつになるかも確認しておいてくれ」

「かしこまりました」

なんて、ロータスが用意していた資料を見ながら話しています。

こうして家のお仕事をする旦那様を見るのにも慣れてきました。ますます頼れる私の旦那様って感じ。うん、いいですね。


そうして出来上がった国王様ご発注のペアリング。

納品前に出来上がったものを見せてもらったんですが、王妃様の指輪の綺麗なこと！

「微妙な濃淡がすごく綺麗ですね～。これなら王妃様も気に入ってくれますよ」

「ほんとに。さすがに献上品だからこれと同じものは二度と作れないけど、インスパイアされるものがあるよね」

インスパイアついでに新しいもの（もちろん自分たち用）を作ろうとか言い出しそうだなコノヒト。


指輪は次の日、旦那様と宝石商さんが直接国王様に納品しに行きました。

その素晴らしい出来栄えに国王様も王妃様も満足していただけたようで、石の採れた鉱山と、石を加工した宝石商さんを大絶賛していたそうです。


「あれから陛下や王妃殿下が指輪を着けていらっしゃるせいか、指輪に関する問い合わせが以前よりも殺到しております」

指輪献上からしばらく経って。

ロータスが鉱山関係の資料の報告ついでに宝石類の販売状況を教えてくれました。

「指輪だけ？」

「いいえ。もちろん『ヴィオラ・サファイア』についても」

「ペアリング自体はどこの宝石商でも作れるけど、『ヴィオラ・サファイア』を使ったものはうちしか取り扱えないからね」

旦那様がニヤリと笑っています。ちょっと！　悪い顔してますよ！

「でもさすがは国王様ご夫妻、身につけたとたんに問い合わせが殺到するなんてすごいです。もう私が宣伝する必要なんてありませんね」

「いいえとんでもない。奥様が新しい首飾りをすれば『あれはどこでデザインしたものか』『真似《まね》たものを作っていいか』という問い合わせが山ほどきますから、宣伝は続けてください」

「え、そうなの⁉　知らなかった……」

ロータスから聞かされた新たな事実。そっか、みなさんチェックするところはしっかり見てるんですねぇ。

「ペアリングが流行《はや》るなら、婚約指輪もプロデュースしてみようか」

「婚約指輪？」

旦那様が言った聞きなれない言葉に、私は首を傾《かし》げました。

「そう、婚約する時に〝約束の印〟として渡す指輪、という感じかな。ヒイヅル皇国以外にもそういう風習の国があるって聞いたこともあるし。前に左手薬指の意味は話したでしょ」

「はい」

「同じように他の指にも意味があるんだよ。そうだなぁ……小指とかどうだろう。右手だと『変わらぬ思いを貫《つらぬ》く』という意味で、左手だと『相手との愛を深める』という意味だそうだ」

指の持つ意味を暗記してる旦那様は、やっぱりロマンチストだと思います。

「小指だと小さくてかわいいですね。右でも左でも、どちらもいい意味だけど、どちらかというと右がいいかな～って私は思います」

「どうして？」

「なんとなくですけど……ほら、約束する時って右の小指同士を絡《から》めるじゃないですか。だから『約束する』っていう意味も込めて？」

フルール王国では約束する時に小指を絡めるのです。主に子供がやるのですが、大人でも、親しい間柄――家族だったり恋人同士だったり――で行われます。小指を絡める約束は、言い換えれば親密度が高い、ということです。

そんな小指にまつわるトリヴィアと、旦那様の言う『変わらぬ思いを貫く』という意味を合わせたら、婚約指輪にぴったりじゃないですか？　――あれ。ロマンチストって感染するものなのね。

そんな私のイメージを伝えると、

「いいね、それ！」

旦那様の顔がぱあっと明るくなりました。

「シンプルなのもいいですけど――」

「ヴィーに、何かいい案があるの？」

「私はリボンモチーフとか、かわいいと思います」

「確かにかわいいけど、どうしてリボン？」

「だって、リボンをキュッと〝結ぶ〟っていうのが、約束を〝結ぶ〟っていうイメージにも繋《つな》がるでしょう？」

「もう、ヴィーは天才か！」

すっかり指輪の話でキャッキャと盛り上がってしまってる旦那様と私……なんだこれ、女子トークか！

そして側に控えているロータスが私たちの話をしっかりメモってますから、これ、しばらくしたらしれっと商品化されてると思います。


婚約指輪はまだ企画段階なのでさておき、ペアリングの方は順調に注文が入ってきているようです。

フィサリス家御用達《ごようたし》の宝石商さんばかりに注文が殺到するのは、やはり『ヴィオラ・サファイア』の存在が大きいみたい。もちろん高品質のピジョンブラッドも好評です。

「最近の社交界の流行は、夫婦でペアリングを着けていることだそうですよ」

「そうなんですね～。だそうですよ、デイジーちゃん」

ミモザの娘デイジーに話しかけても相手は赤ちゃん。きょとんと見返されるばかりです。

あまり社交に顔を出さない私としては、ステラリアの話を聞いても実際に見てないから流行ってるのかどうかピンとこないというか。

今日も暇人《ひまじん》ヴィーちゃんはお屋敷でのんびりしています。もちろん日課の家事手伝いはしましたよ！

　今は寝室で、今度のサングイネア侯爵家のパーティーに着ていくドレスとお飾りを選んでいるところです。ステラリアとミモザがあれこれ考えてくれている間、私はデイジーと遊んでるってわけ。

「次のサングイネア家のパーティーで実際に目の当《ま》たりにされたらよくわかるんじゃないですか～？」

「そうかも～？」

「もう、奥様ったら全然興味ないんですね」

「えへへ～」

　私の曖昧《あいまい》な返事にミモザが苦笑しています。

　王宮の夜会が終わったので次の予定は、アイリス様のお家のパーティー。侯爵家ですから、きっとお客様も多いでしょう。

「ところでパーティーはいつだったかしら？」

「明後日《あさって》でございます」

　お飾りを磨いていたダリアが教えてくれました。

「そう、わかったわ。そういえば、今回のパーティーの趣旨《しゅし》を聞いてなかったですね」

　先日のダンスレッスンの際にロータスから聞いたのは、王宮とサングイネア家でパーティーがあるっていうことだけでした。お家でのパーティーといえば、なぜかアルゲンテア公爵家のバーベナ様の婚活パーティーが連想されるんだけど……。アイリス様も未婚で婚約者もいないから、娘を思っての婚活パーティーかな？

勝手にアイリス様のための婚活パーティーかと想像していたのですが、どうも違ったようです。

「今回はアイリスお嬢様のお誕生日を祝う会でございます」

「え？　そうなの？」

「はい」

そう言うとダリアが招待状を見せてくれました。

かわいい薄桃色の招待状――アイリス様らしいですね！　――には、確かに誕生日パーティーだと書かれています。

こういう個人的な誕生日会だと、プレゼントとか用意していく方がいいんじゃないの？

ちょ、ロータス！　こういう大事なことは最初に教えておいてよ！

「今からプレゼントを用意しようと思うけど……間に合うかしら？」

実家にいる頃の私ならふらっと一人でお買い物でもなんでも気軽に行けたんですが、今の私は公爵夫人。『買い物に行く』というだけで即座に馬車が用意され～の、護衛の騎士様が何人も付き～のとめっちゃ仰々《ぎょうぎょう》しくなってしまうので、考えただけでも億劫《おっくう》になるというかなんてゆーか。

だからって『こういう品物が欲しい』と御用達の商人さんを呼んで持ってきてもらうのも時間かかるし。

どうしたもんか～と考えていたら、

「そうおっしゃると思いまして、私どもで用意しておきました。まだ申し上げておりませんでしたが、先日ピエドラの鉱山で採れたいいサファイアがこちらに届いておりましたのを、ブレスレットに仕立てるようポミエールに注文を出しております。今日明日には出来上がると思いますわ」

さすがはできる侍女ステラリア。私の思考を先取りしてましたか！

「よかった～！　つか、もっと早くにパーティーの趣旨を教えておいてほしかったわ～」

「申し訳ございません。最近はすっかり国王陛下の指輪の件でバタバタしておりましたので」

「そうだった……」

なんだかんだで忙しかったですもんね。

「プレゼントが用意されてるなら大丈夫ね。あとはそれが届くのを待つばかり？」

「そうでございますね。ドレスとお飾りも決まりましたし」

「もう決まったのね」

「はい。こちらでいかがでしょう？」

そう言ってステラリアが持ってきたのは水色のドレスでした。

「うん、いいじゃない。お飾りが映えそう」

「そうですね」

私好みのスレンダーラインですが、白糸で大きなバラの花がいくつも刺繍《ししゅう》されている凝《こ》った作り。前から見るとラインはシンプル、でも後ろにまわると大きなリボンが付いていていてキュートなデザインです。

前面が凝ってないのでその分お飾りに目がいくって計算。うん、バッチリです。

お飾りは王宮の夜会で着けたのとは違うものにしました。あまり同じものばかり着けてられないのが広告塔のツライところ。パーティーはいわば新作発表の場。新しいデザインを次々に発信していかないといけないんです。

「高価なドレスに身を包み、想像もつかないくらい高価な宝石をいくつも身に着け……って、私は歩く宝石箱か～！」

自分の衣装の総額考えただけでガクブルしていると、

「そんな宝石たちにも、奥様ご自身の輝きは負けておりませんよ」

ニコッと笑うステラリア。

「ええ……そんな男前なセリフ言わないでぇ……」

惚《ほ》れてまうでしょ。


「何気にアイリス様のお家って、初めてですよね」

「そうでございますね」

アイリス様とお会いするのはいつも王宮のような気が。って、そもそもあまりパーティーだの催し物に参加してないから当然か。

よそ様のお屋敷って、アルゲンテア公爵家のパーティーにお呼ばれして行ったくらいで、他には行ったことがないかも。

「どんなお屋敷かな～？」

「とても立派なお屋敷でございますよ。丸い塔が印象的です」

「ステラリアは見たことあるの？」

「ええ」


丸い塔が建ってるお屋敷……。いったいどんなお屋敷でしょうかね～。

四・アイリス様のお誕生日会

ステラリアの言っていた通り、次の日にはアイリス様にプレゼントするブレスレットが出来上がり手元に届きました。

「宝石商から侯爵令嬢への贈り物が届きましたわ」

そう言ってステラリアが持ってきたのは、見るからに高級そうなジュエリーケース。ポミエールで仕立てるともれなくこの箱に入ってくるんですよ。

「手配ありがとうね。間に合ってよかった」

「いちおう中身を確認いたしましょう」

「そうね」

どんなものを作ってもらったのか知らないというのもアレなんで。

ステラリアが丁寧に箱から取り出すのをドキドキしながら見守りました。

取り出されたのは、サファイアで作られた小さなお花が六個、華奢なプラチナのチェーンで等間隔に繋がれたブレスレット。

チェーンの端にはアイリス様のイニシャルを象《かたど》ったチャームと、『ヴィオラ・サファイア』であることの証明——刻印の入ったチャームが揺れて、いいアクセントになってますね。

「アイリス様、かわいいものがお好きだから、きっとこれは気に入ってもらえると思うわ。とってもかわいい！」

「よかったですわ。では、こちらを贈り物としてラッピングしておきますね」

「ええ、お願いするわ」

着ていくドレスもお飾りも、そして贈り物も準備万端《ばんたん》。あとは明日のパーティーを待つばかりになりました。


そして迎えた次の日。

早めに仕事を終えて帰ってきた旦那様と一緒に馬車に乗り込み、サングイネア侯爵家に向かいました。

「アイリス様のお家、初めてなんでドキドキします」

「そうだね。王宮とは逆方向にあるし、用事でもなければ通らないか」

「そうなんですよ～」

フィサリス家からはそう離れてないけど王宮とは反対方向にあるので、今まで通りがかることもなかったんです。領地に向かう道とも違うし。

『アイリス様のお家に行く』という目的じゃないと行かない方向といいましょうか。

そんなサングイネア侯爵家は、ステラリアが言っていた通り、お屋敷の両脇にそびえ立つ丸い塔が印象的な白亜《はくあ》の豪邸でした。

「初めて来ましたけど、アイリス様のお家も大きくて立派ですねぇ」

しみじみと、私が馬車の窓からお屋敷の外観を見て感嘆の言葉をこぼしていると、

「うちやアルゲンテア家ほどの大きさはないけど、それでもよく手入れの行き届いた綺麗な屋敷だよね」

旦那様も同意してくれました。ああでもやっぱりフィサリス家の方が大きいかぁ。こういうところに公爵と侯爵の違いって出るのか。そっかぁ。

家人に案内されて、アイリス様のご両親と本日の主役アイリス様にご挨拶し、持参したプレゼントを手渡しました。

「アイリス様、お誕生日おめでとうございます！　今日はご招待ありがとうございました」

「こちらこそ、来てくださってうれしいわ！　それにプレゼントもありがとうございます。ヴィーちゃんからのプレゼント……いったい何かしら？」

「うふふ。気に入っていただけるといいのですが……開けてからのお楽しみですよ」

「そうですね。今日は楽しんでいってくださいね」

「はい！」

予想通り、会場はたくさんのお客様で賑わっていました。

パーティー参加率ほぼ百パーセントに近いアイリス様のことですから、それに比例してお友達やお知り合いが多いんでしょう。

軽いワルツが流れ、あちこちで談笑する声が聞こえてきます。パッと見た感じ、今日は若い方が多い気がします……って、何これデジャヴ？

「今日も若い男の方が多いのは気のせいでしょうか？」

「気のせいじゃないでしょう」

旦那様も気付いたのか、二人で顔を見合わせ苦笑しました。ああ、これ、バーベナ様の時と同じだ。

今日は誕生日パーティーとお聞きしてましたけど……こういう若い人を中心に招待したパーティー、以前アルゲンテア公爵家でも行われてたやつですね。

縁談はわんさか来てるもののいっこうに見向きもしないバーベナ様にしびれを切らした父・公爵様が『じゃあ直《じか》に会って好きなの選べ！』って言って開いたんでしたっけ。なんか今日もそれ臭《しゅう》がしてる。

誕生日パーティーと婚活兼ねてるのね、オッケー理解しました。

ということは〝既婚〟な私たちは蚊帳《かや》の外っていうことですね。じゃあやることは一つ。

「では、今日もサファイアの宣伝頑張りますか」

「お、珍しくヴィーがやる気だ」

「私、やればできる子なんです」

「あはははは！　では、まずは踊りますか――」


手始めに旦那様と一曲踊ろうと、ダンスしている人たちの方へ足を向けたタイミングで、

「ヴィオラ様、ヴィオラ様！」

「公爵様、ご機嫌麗《うるわ》しゅう」

「ヴィーちゃん、今日も素敵なドレスですわね！」


いつもの夜会四人組――今はアイリス様抜きだから三人組か――がやってきました。

ナスターシャム侯爵令嬢、コーラムバイン伯爵令嬢、クロッカス伯爵令嬢です。この三人とアイリス様は特に仲良しで、いつも一緒に夜会に参加しています。

「みなさま、ご機嫌麗しゅう。今日もお会いできてうれしゅうございますわ」

「「「参加してないわけないじゃないですかやだ～」」」

数少ない知り合いに会えて喜んでいる私に、お嬢様方の息のあったお返事が返ってきました。

デスヨネー。今日は特に若い人多数のパーティーですもん、逃すはずありませんよね！

「ヴィーちゃんも招待したってアイリスさんからお聞きしていましたから、お会いするのを楽しみにしていたんですのよ！」

「サティさんたら、ずっとヴィーちゃんに話しかけるタイミングを狙《ねら》っていたんですよ」

「あら、ピーアニーさんもじゃないですか！」

お嬢様方のお話がどんどん盛り上がっていきます。

ああ、これ、当分解放してもらえないパターンだわ。ダンスはしばらくできなさそうなので、女子トークが落ち着くまで旦那様とは別行動したほうがいいかな？　だって女子のおしゃべりなんて、男の人が聞いてても退屈でしょ？

旦那様に相談しようと隣を見れば、旦那様もいつの間にか恰幅《かっぷく》のいいおじさまに捕まっていました。


え〜と、この方は……兵部卿《ひょうぶきょう》様ですね！

頭の中の『貴族年鑑』を光速でめくりましたよ！　兵部卿様といえば旦那様の上司じゃないですか。いつも主人がお世話になっております、ぺこり。じゃないか。

「こんばんは、って、今日も仕事場でお会いしてますが」

「そうだったそうだった、わははははは〜！」

にこっとキラキラスマイルを浮かべた旦那様の前で、兵部卿様が豪快に笑っています。

「君に報告があってだね。とうとう例のサファイアを手に入れたよ。妻も娘も大喜びだ——」

なんて。絶好調でおしゃべりしている兵部卿様。こちらもしばらくお話続きそうですね。

サーシス様、これはしばらく別行動ですかね？

そうだね。お嬢様たちといい勝負ができるくらい兵部卿も話長いからさ。適当にキリのいいところまで付き合うよ。

らじゃっ！


こっそり二人でアイコンタクトで会話。

私はお嬢様方と、旦那様は兵部卿様と、しばらく別々に過ごすことにしました。


「今日はアイリスさんのお誕生日会だけど、密かに〝婚約者探しの会〟でもあるんですのよ」

私たちは場所を移動して、会場がよく見える場所に設《しつら》えられたテーブル席に着いておしゃべりすることになりました。

お茶もお菓子も用意されて、本格的に女子会モードです。

サティ様――クロッカス伯爵令嬢――の言う〝婚約者探しの会〟。やっぱり私が最初に感じたのが当たってましたね。

「なんかね、アルゲンテア公爵様からアイリスさんのお父様が聞いたそうで、『そのアイデア貰った！　うちでもやろう！』ってことになったんですって」

「そうなんですか」

そっか。このブラインド婚活パーティーはアルゲンテア公爵様からの入れ知恵なのか。

「だから私たちも便乗《びんじょう》させてもらおうってね」

ピーアニー様――コーラムバイン伯爵令嬢――が微笑んでいます。

アイリス様含むお嬢様方とバーベナ様との違いは『婚活に熱心かそうでないか』ですよね。お嬢様方の方が早くお相手見つかりそう。アルゲンテア公爵様、惜しむらくはバーベナ様のやる気のなさです。

「私たちも早くお相手見つけてペアリング着けたいわ」

アマランス様――ナスターシャム侯爵令嬢――がため息をついています。

ペアリングって、あのペアリングのこと？

「アマランス様、ペアリングって？」

「ほら、ヴィーちゃんだって今日も着けてるでしょう？　公爵様とお揃いの指輪。ヴィーちゃんたちがそれを着け出してから密かにブームだったのが、最近じゃ国王陛下までが着けはじめたでしよ？　それで一気に火がついたのよ」

今日も私の左薬指に輝く指輪を指差し、アマランス様が言いました。

「確かに注文は増えてますけど、そんな、ブームとか……」

そういえばステラリアたちもそんなこと言ってましたね。そして今日、実際に見てこいと。


私はさりげなく、見える範囲で人々の左手に注目してみました。

もともと指輪をするのはもっぱら女の人で、石の大きさを競う感じのデザインが主流でした。メインの大きな宝石の周りに小さい石をあしらったり、大きな宝石ドーン！　だったり（あ、これ王妃様も言ってましたね）。しかしそれは特定の指ではなく、思い思いの指に嵌めていました。そしてそれは男の人も同じ。家紋の入った指輪なんかを着けたりはしますが、左手薬指とは決まってません。しかし今日は。

あらやだ。左手薬指に指輪をしてる男の人が増えてる！


若い、独身の人に混じってちらほらと。女の人では判断しにくいですが、男の人は一目瞭然《いちもくりょうぜん》です。

確かに左手薬指に指輪をしてる人多い！

ん？　これは独身か否かの目印になっていいんじゃね？

「ほんとですね……指輪してる人が増えてる気がします」

「でしょう？　女の人だって、派手な指輪じゃなくて旦那さんとお揃いで着けられるようなシンプルなデザインを着けてる人が多いんですよ～」

なるほど実際に見ると〝流行ってる〟というのを実感しますね。

「国王様の影響力って、絶大ですねぇ」

「何を言ってるんですか？　そもそもの始まりは、ヴィーちゃんと公爵様に憧れて、だったんですからね？」

「陛下たちだって、ヴィーちゃんたちのを見て『いい』って思ったから着けたんだし」

「そんなそんな、畏《おそ》れ多いです～！」

お屋敷で侍女さんたちにも言われてきたけど、まさかそんな、ここで「そうですね」なんて肯定できないでしょ。

私は必死に否定しておきました。


でもそっか、ペアリング、流行ってるんですね。


目の当たりにして実感しました。

ということは、旦那様の言ってた『婚約指輪』もイケるんじゃ？

せっかくだし、お嬢様方にリサーチしてみよう。

「結婚したらペアリングもいいですけど、婚約する時に『婚約指輪』を渡すという風習がある国もあるそうですわ」

さりげなく話を振ってみると、

「「「何それくわしく」」」

お嬢様方、めっちゃ食いついてきました。

「私も旦那様から聞いただけなんで詳しくは存じてないんですけど、結婚の〝約束の印〟として相手に渡すそうですよ」

私がざっくりと婚約指輪の説明をすれば、

「まあ、素敵ね！」

「フルールにもそんな習わしがあればいいのに」

「誰も知らないのかしらね？　あれば絶対に欲しいわ！」

お嬢様方の反応は上々なようです。

「それは公爵様が聞いてこられたの？」

「ええ、そうです。ロマンチックですよねぇ。こういうの、女の人はお好きかなって」

「「「もちろん好きに決まってるでしょ！」」」

「うお。ソウデスネ～」

「あら、ヴィーちゃんは違うの？」

「イエ？　スキデスヨ？」

ふむ、これは売れそうな予感。あとで旦那様に報告しよ～っと。

五・指輪のもう一つの意味

旦那様は兵部卿様のお相手を、私はサティ様、ピーアニー様、アマランス様と女子トークをするために別行動しています。

ペアリングからの婚約指輪の話でひとしきり盛り上がったところで、次は会場にいる若い男性の品定めに入りました。

ダンスをする人、固まって談笑する人、それぞれリラックスして過ごしているようですね。


「あの方、いい感じなのよねぇ」

「どれどれ？　あの笑ってる方？」

「そう。前に一度ダンスしたことがあったんだけど、とても紳士的でよかったわ」

「へぇ」

どれどれ……ああ、あの人ですね。確かに優しそうな人です。

「あの方はパッと見た感じは地味だけど、実は綺麗な顔をしてるし、誠実で優しい方という評判よね」

「冴《さ》えないメガネが損してるわね」

メガネを外したらイケメン⁉　何その美味しい設定は！

「そういえば、ゴルデンロッド伯爵のご子息様とプランタゴ伯爵のお嬢様が先日ご婚約されたそうですわ」

「うらやましいっ！」

これは婚約指輪の企画を早急に進めないといけませんね！


――などなど。

今日も婚活に余念のないお嬢様方のお話に付き合って、私も会場中あちこち視線を走らせます。そうしてる間にも〝お嬢様レーダー〟は敏感に独身男性を感知してあぁでもないこうでもないと品定めして……ああもう、情報多すぎ！　ついていくのが精一杯！

「しかしみなさまお詳しいですねぇ」

私なんて『貴族年鑑』に載ってる方（つまり当主様）のことしかわからないというのに。家族の肖像まで載った『貴族年鑑』の発行を熱望してるんだけど発行まだかかな？

お嬢様方の情報量に感嘆していたら、

「あら、私たちがどれだけパーティーに出てると思うんですか」

「フルール社交界に顔を出してる人は、ほとんどわかりますわよ？」

ふふん、と勝ち誇った顔をするお嬢様方。

「ソウデシタ」

私とは場数が違いました。


引き続き、次から次へと独身貴族様（しかも適齢期の男性限定）が、ちょっと独断と偏見の混じった解説付きで紹介されていきます。

「あの方、奥様と離婚されたそうですね」

「そうらしいわね。何でも奥様の浪費癖にブチ切れたとか？」

「温厚な方なのにね～」

お嬢様方、ゴシップネタもバッチコイのようです。

離婚されたということはシングルアゲインですよね？　それはお嬢様方のターゲットになりうるのでしょうか？

「離婚歴アリはどうなんですか？」

「ご本人に難がなければオッケーですわ！」

「守備範囲広い！」

お見それしました。


そうしてこの会場内のあらかたの紹介が終わった頃、

「わあ、あの方とっても素敵じゃない？」

「あら、見ない顔ですねぇ？　どなたかしら？」

そう言うアマランス様とサティ様の視線の先を見ると、そこには長身の若い男の人がいました。

ここからでも顔がよく見えます。

緩やかにウェーブした金髪がキラキラ眩《まぶ》しいイケメンさんは、ワイングラス片手に、数人のお嬢様に囲まれて談笑していました。

アマランス様の言うように、顔面偏差値は高い方だと思います。

「どこの方かしら？」

「最近デビューした、っていう感じじゃなさそうですわよね。場慣れしていらっしゃる」

「それでも素敵ですわねぇ～」

お嬢様方がうっとりと見つめています。もしも～し、ハートが飛んでますよ～。

確かにイケメンだとは思いますが、やっぱりうちの旦那様に比べたらフツメンレベルなので、うっとりも目がハートにもならないなぁ。慣れって怖い。

それでも目立つ美形さんなのは間違いないです。

しかし、そんな人目を引くようなイケメンを、この『歩く貴族年鑑』のようなお嬢様方がご存じないってどういうことでしょ？

気になってしまって、お嬢様方と一緒になってチラチラとそちらばかりを見ていたら、こちらの視線に気付いたのかイケメンさんがこちらに視線を向けてきました。そして私たちを見てふわりと微笑んでいます。

私たちは会場が見える位置で丸テーブルを囲み座っていましたので、私たちの視線なんて丸わかりだったのでしょう。

「きゃあ！　こちらに気付いてくださったわ！」

「ニコって、微笑んでくださったわ！」

その笑顔は破壊力抜群だったようで、お嬢様方がきゃあきゃあうれしそうにはしゃいでいます。でもあの仕草、ちょっと軽くない？　なんかカルタムを彷彿《ほうふつ》とさせるなぁ。しかし、どこのご子息様なんでしょうね？　肖像画を年鑑で見た覚えがないので、当主様でないのは確かです。

気になって私がぼーっと考えていたら、いつの間にか私を見ていたイケメンさんと目が合ってしまいました。これじゃあ私がイケメンさんを見つめてたみたいじゃない。あらやだ。

慌てて目をそらせたのですが、時すでに遅し。イケメンさんはそれまで一緒に談笑していたお嬢様たちに何かを告げると、颯爽《さっそう》とこちらに向かってきました。

人をじっと凝視するなんてはしたないことしちゃった苦情でも言われるのかしらとドギマギしていると、私たちのテーブルの前に来て、

「よろしければ、僕と一曲踊っていただけませんか？」

しなやかだけど男らしいその手を差し伸べ、イケメンさんが誘ってきました。

ん？　誰を誘いにきたのかしら？　ここには未婚の女性が三人もいますからね。名前をはっきり言ってくれなきゃわかりませんよ！

イケメンさんから見ると私たちは横並びになっています。貴方《あなた》は誰と踊りたいのかな？

お嬢様方も誰が誘われたのかわかってない様子で、顔を見合わせるばかり。誰も応《こた》えません。

反応がないことに苦笑したイケメンさんが、テーブルを回って私たちの後ろに回り、スマートな仕草でダンスに誘ったのは――。

「私ぃ⁉」

「ええ、お嬢様。貴女と、ぜひ」

よりにもよって私かーい‼　そわそわしているお嬢様方を差し置いて！

しかもまた『お嬢様』って言われたよ、これ、や～な予感しかしない。……今回は旦那様、同じ場所にいるし。

『きゃー!』とかいうお嬢様方の声を背に受けつつ、

「〝お嬢様〟ではありませんが、まあ、はい、喜んで」

私はその手にリードされて立ち上がりました。

仕方なし。軽く一人で先に、サファイアの宣伝しておきますか。

「初めまして、アルストロメリア伯爵家のアウレアと申します。以後お見知りおきを。お嬢様は
——」

イケメンさんは私をダンスフロアにエスコートしながら自己紹介してくれました。やっぱり私を知らない方のようです。

自分で言うのもなんですが、私ってばすっかり有名人になってしまったようで、知らない方にも『フィサリス公爵夫人!』って声かけられますからね。有名になんてなりたくない、むしろ壁の花上等なのに。

アウレア様、歳は旦那様より下かしら? 私よりは上っぽいけど。

「アウレア様ですね。初めまして、ヴィオラと申します」

「かわいらしい名前、貴女にぴったりですね！　ところでヴィオラ殿はどこのご令嬢ですか？　僕がいない間に、こんなかわいい人がフルール社交界にデビューしてるなんて。ああ、留学なんてするんじゃなかったなぁ」

なんて大袈裟《おおげさ》に頭をフリフリ、ため息まじりに言うのがなんとも——


軽っ！


おっと、失礼いたしました。いやぁ、おっしゃる内容と仕草があまりにチャラいもんでつい本音が。ついでにもう一つつっこませていただくと「カルタムか！」——ってこれ、完全に内輪ネタですね。よその人にはわかるまい。

てゆーか、社交界デビューなんてとっくの昔に済んでるわ！　とツッコミそうになるのを笑顔でこらえ、

「ええと、わたくし、フィサリス公爵の——」

妻ですと言いかけたのですが、

「あれ？　左手の薬指に指輪って……。貴女、もしかして結婚してる？」

ダンスをしようと私の左手をとったアウレア様が、例の指輪を見てびっくりした様子で聞いてき

ました。

確かにこの指輪は『夫婦お揃いのペアリング』って触れ込みだけど、まさか『結婚指輪』って、そんなダイレクトな意味あったの⁉

――うん、冷静に考えたらそういうことよね……把握《はあく》。てゆーかアウレア様は留学から帰ってきて間もないっていうのになんで知ってるの？　そこまで流行ってるのかこの指輪！

「あ、はい。フィサリス公爵、サーシス・ティネンシス・フィサリスの妻でございます」

ちょっと前にもこれ言ったなぁと思いながら私は名乗りました。アウレア様は、どっかのおバカさんと違ってちゃんと最後まで私の話を聞いてくれたけど。

ちょうど曲が流れてきたのでいったんおしゃべりは止《や》めて、私たちは踊りだしました。

「フィサリス公爵様の奥さんだったんですね！　僕、まるっと三年間国外に留学していて、フルールに帰ってきたのがつい最近なのですよ。だからフィサリス公爵様が結婚してたなんて知りませんでした……って、あれ？　でも公爵様って……あ」

ダンスしながらお話しするのはもはや朝飯前！　易しい曲に合わせてステップを踏んでいます。

アウレア様の言いたいことはわかりますよ、カレンデュラ様のことでしょう？　最近までフルールにいなかったのなら、ここ数年で起こったすったもんだはご存知ないですよね。

デリケートな問題に触れてまずいと思ったのか、整った顔をわずかに引きつらせたアウレア様に向かって、私はにっこり笑いかけました。

「あ～、え、と、おっしゃりたいことはわかりますが、それについては大丈夫でございますよ？」

「そ、そうですか。それはよかった……！」

地雷踏み抜いたとでも思った？　私が『大丈夫』って笑いかけたら、あからさまにホッとした顔したよね、アウレア様！

「はい。それにわたくしたちが結婚いたしましたのも、一年ほど前でございますから、アウレア様がご存じなくても仕方ありませんわ」

「そうなんですか。でも、フルールでは『結婚指輪』なんてしないでしょう？　なのにどうして、ヴィオラ殿はそれをしてるんですか？」

「サーシス様――ええと、旦那様が作ってくれましたの。外国の習わしを……この指に指輪を嵌める意味を聞いてこられて、それでぜひにって」

「そうなんですね。それは僕が留学していたヒイヅル皇国の風習ですよ」

「まあ！　そうでございましたか！」

つか、ヒイヅル皇国って知らんけど。……あ、すみません。無知をさらけ出してしまいました。知らないけど適当に話を合わせておくよ☆　と愛想笑いで誤魔化《ごまか》していたつもりなんですが、

「ヒイヅル皇国は、フルールから馬車でひと月、そこから船で七日ほどかかるところにある小さな

島国なんですよ。穏やかな気候と国民性の豊かな国です。フルールとは友好的に交易なんかをしてまして、ヒイヅル皇国産の農産物などが人気あるんですよ。農産物そのものだけでなく、それを使った加工技術が色々と進んでいる国なので、僕はそれを学びに行ってたんです」

アウレア様は、聞いてもないのにヒイヅル皇国の説明をしてくれました。空気読んでくださいましたねありがとうございます。

「きっとそこで学ばれたことが、フルールで役に立つのでしょうね！　素晴らしいです」

営業スマイル全開で相槌《あいづち》を打っておきました。

「そこで初めて『結婚指輪』なるものを知ったんです。あちらでは結婚しているという証《あかし》に、夫婦でお揃いの指輪を左手の薬指に嵌めるんです」

「まあ！　そうでしたの。そこまでは存じませんでしたわ」

「左手薬指に指輪を嵌める意味はご存じなんですよね？」

「ええ」

「ロマンチックだから早速僕も取り入れようと思ってたんですけど……いやぁ、公爵様に先を越されてしまっていたなんて！　ちなみにそれはヴィオラ殿がおねだりしたのですか？」

「違いますぅ!!　旦那様が知らないうちに作ったんです！」

「へぇぇ！　しかしあの公爵様がねぇ……。へぇぇ」

まじまじと指輪、そして私を見ながら言うアウレア様。ロマンチストなのは私じゃなくて旦那様ですからね！

一曲終わったところで、

「ヴィー。お待たせ」

キラキラ眩しい微笑みとともに旦那様が戻ってきました。やっぱりこっちの方が数段上の美形だわ。旦那様が現れたとたんにアウレア様がくすんで見えたし。今日はやけに笑顔が眩しいよ、相変わらずまともに食らったらクラクラするもん！

「サーシス様！　兵部卿様とのお話はもう終わりましたの？」

私はアウレア様の手をパッと離し、旦那様の差し出す手を取りました。

「うん、終わったよ。僕もヴィーと踊りたいな」

「はい！」

アピールしなくちゃいけませんもんね！　あ、そういえばさっきは指輪の話に夢中になってて、すっかり宣伝忘れてたわ。指輪作るつもりの人が目の前にいたというのに、私ってばなんてチャンスロス!!

いつでもどこでも宣伝することを忘れないようにしなくちゃと、私が一人反省会をしているその横で、

「フィサリス公爵様、お久しぶりでございます」

アウレア様が旦那様に挨拶をしていました。

一瞬旦那様の眉《まゆ》がキュッと上がりましたが、すぐに合点《がてん》がいったのか元の微笑みに戻りました。

「ああ……誰かと思えば、アルストロメリア伯爵家のアウレア殿ですか。留学から帰ってきていたのですね」

「ええ、先日。しかし驚きました。私のいない間にご結婚なさっていたんですね」

「わざわざ留学してる者たちにまで『結婚した』なんて知らせはしないだろう」

「ははは。それもそうですね」

旦那様のそっけない返事にクスクス笑うアウレア様。まあ確かに、よほど仲のいい人じゃない限りわざわざ留学先にまで結婚の知らせってしませんよね。

ということは、旦那様とアウレア様はそんなに仲がいいってわけじゃないのか。

なるほど、旦那様のすげない態度も理解できます。

「遅ればせながら、おめでとうございます」

「ありがとう」

お祝いを口にしつつアウレア様がしれっと旦那様の指輪を見ていました。『ヒイヅル皇国』帰りのアウレア様が『左手薬指の指輪』を見ている――旦那様もそれに気付くと、それまでのどこかよそよそしい態度を一変してニヤリとしました。やっぱり旦那様、これが『結婚指輪』という意味があることを知ってたな。

しかし、美形な二人が（表面上）にこやかにお話ししている姿って眼福《がんぷく》ですねぇ。

私たちを遠巻きに見ているお嬢様方、私なんかがお二人を独り占めしちゃって申し訳ないです。

でもこれを間近で見る僥倖《ぎょうこう》、ありがたや～。

六・夫婦喧嘩《げんか》勃発《ぼっぱつ》！

アウレア様にお暇《いとま》を告げ、その後は旦那様と一緒にせっせと宣伝に勤《いそ》しみました。

いろんな方とお話しして、さりげなくサファイアを売り込む……って言うと、なんだか私たちがグイグイ押している感じになりますが、実際は向こうからサファイアの話を振ってくるんですよ？

それに私たちがお答えしていると、自然に宣伝になっちゃうという不思議！

やっぱり今日は指輪にツッコミが集中しました。


「ご夫婦でお揃いの指輪とは素敵ですね」

「そうでしょう？」

「陛下もされていますし」

「陛下もこの指輪の意味に興味を持たれたのでね。これは外国の習わしだそうで、結婚した二人は夫婦である証としてお揃いの指輪をするらしいのです。それを聞いた時に私はすぐ、妻が喜ぶんじゃないかなぁって思ったんですよ」

「さすが公爵様、奥様想いでいらっしゃる！」

「妻の喜んだ顔が何よりご褒美《ほうび》ですからね！　しかもその『結婚指輪』は左手薬指にするのが慣例なのですが……」

「ほうほう、それには何か意味が？」

「左手薬指には『愛の進展を深める・愛の絆を深める』といった意味があるのだそうです」

「ほほう！　それはまた、ロマンチックな」

「そうでしょう？　私も『なんてロマンチックなんだろう、ますます妻に喜んでもらえるんじゃないか』と思ったので、さっそく取り入れたのですよ」

「それはいいですね！　うちも妻にプレゼントしてみようか」

「ええぜひ！　きっと喜ばれますよ。ああ、確か奥様の瞳もこの『ヴィオラ・サファイア』のように美しいブルーでございましたね？　このサファイア、きっと奥様によく似合うと思いますよ」


流れるような営業トーク。お貴族様相手にすらすら出るわ出るわ。旦那様、すごいです。てゆーかしれっと『ペアリング』から『結婚指輪』に名称変更してましたね？

旦那様が今日はえらく饒舌《じょうぜつ》で、そんな説明をあちこちでなさるもんですから、今日一日でフルール社交界に『結婚指輪』の意味が浸透したんじゃないでしょうか。ついでに営業ブッ込んでるのはさすがとしか言いようがありません。

アウレア様、せっかくヒイヅル皇国で仕込んできた『結婚指輪ネタ』だったはずなのに、うちの旦那様がおいしいとこ持って行っちゃってごめんなさいねぇ。

「今日は楽しかった？」

「いつものことですが、楽しかったというよりも疲れました」

帰りの馬車に揺られながら、旦那様が今日の感想を聞いてきました。

お嬢様たちとのおしゃべりは楽しかったけど、旦那様以外とのダンスは疲れました。相変わらずひっきりなしにダンスのお誘いがくるので、休む暇がありませんからね！

社交が好きではない私にとって、パーティーは楽しいところではなく疲れるところなんですよ。

「そう？　アウレア殿と楽しそうに話していたと思ったけど」

ニコッ。白々《しらじら》しい笑顔で旦那様が微笑んでいますが、なにその胡散臭《うさんくさ》い笑顔は。別に今日おしゃべりしたのはアウレア様だけじゃないけど。

「そうですか？　ああ、あれは指輪の意味を教えていただいていたのですわ。あと、ヒイヅル皇国のこととか」

「ふうん」

「あ、でもサーシス様？　どうして『結婚指輪』のことをおっしゃらなかったんですか？」

「それは社交界に広めてからでもいいかなと思ったんですよ」

「……何を広めるんですか？」

「左手薬指に指輪をしているのは既婚者だってこと。まあ、牽制《けんせい》だよ。『結婚指輪』の話が広まったら、僕のいないところでヴィーがナンパされることがなくなるでしょ」

旦那様、そんな『ドヤァ』って顔しないでも……。

ちょっと呆《あき》れて旦那様を見ていると、

「今日だって、アウレアはヴィーの指輪を見てナンパを断念したでしょう。ヒイヅルにいたから、彼は指輪の意味を知っていた」

さっきまでの嘘くさい微笑みが消え、今度は氷の微笑みに変わりました。しれっとアウレア様を呼び捨ててるし。お〜い、目が笑ってないよ旦那様！

「はぁ？　ナンパなんてされてませんよ？」

ダンスに誘われただけですよ、何言ってんですか。

私はさらっと流そうとしたのに旦那様はなぜか釈然《しゃくぜん》としてないようで、じとんとこちらを見てきました。

「いいえ、あれは立派なナンパです。しかもあいつはイヤラシイ目でヴィーを見ていました」

「ええ……そんなことないですよ。そもそも私にそんな魅力ないし」

「いやいや、よーく見ればわかります。ヴィーはめちゃくちゃかわいいし」

「そんなじっくり見てないですからわかりません！」

今になってジワジワきたのか、旦那様がどんどん不機嫌になっていきます。

あの時は普通になんでもない風を装っていたようなのですが――ああでも、旦那様とアウレア様はそんなに仲良くもない感じでしたね。ということは内心私とアウレア様が一緒にいたのが気に食わなかったようです。

「ヴィーも、ニコニコとまんざらでもない様子でしたよね。確かに、アウレアは綺麗な顔立ちしてるとは思いますけど」

旦那様は私の営業スマイルにまでケチをつけてきました。

どう見たっていつも通りの営業スマイルですよ、必要以上に愛想《あいそ》なんて振りまかないっつーの！　めんどくさい。

そもそもアウレア様レベルのイケメン、旦那様に比べたら月とすっぽん……っと、めんどくさくなってつい本音が出てしまいました☆

とにかく。旦那様以上のイケメンなんて、お目にかかったことないんですけど。

「アウレア様が綺麗な顔立ちしているっていっても、サーシス様の方がよっぽど綺麗ですからね？　比べるまでもないですよ」

「しかしですね……ヴィーは誰にでも愛想がよすぎます。それがそもそもの原因で……」

「いやいやソレ、社交辞令って知ってらっしゃるでしょう？」

「そりゃそうですけど……」

と、まだぐだぐだ言う旦那様にさすがにイライラしてきました。こっちだって疲れてるんですから、そこにいつまでもネチネチ言ってくるのはよくない！　そろそろキレそうです。

こんな調子で帰りの馬車の中で言い争ったままお屋敷まで帰ってきてしまいました。


「じゃあもう社交界《おそと》に顔出しません!」

「それが一番いいけど、そうもいかないのはヴィーも知ってるでしょう!」

「でも、いちいち愛想笑いで文句言われたら困るんですけど?」


馬車を降りても私たちの言い合いは収まる気配がありません。


お出迎えの使用人さんたちが「いったいどうした何があった⁉」という顔で私たちを見ています。

そういえば、ただいまの挨拶もすることなくずっと言い争ったままでしたねスミマセン。

「今日のパーティーで何かございましたでしょうか?」

ロータスが、私たちの舌戦が途切れた隙《すき》を縫って聞いてきました。


「ヴィーがよその男に対して必要以上に愛想よくするから」

「サーシス様がしょーもないことでぐだぐだおっしゃるから! 愛想よすぎるっていうけど、いつも通りですよ！」

「はあ……」

言葉は違えど同時に口を開いて文句をたれた私たちに、ロータスが呆気《あっけ》にとられています。

しかし旦那様もしつこいですね！

「じゃあお言葉ですけど、そんなことおっしゃるサーシス様だって、い〜っつも綺麗な女の人に囲まれてデレデレしてるじゃないですか！」

旦那様が私のことばかり責めるので、私も反撃することにしました。ダンス以外は基本、私は女の人といることの方が多いですからね！

いつもニコニコデレデレしちゃって、来るもの拒《こば》まずか！

旦那様をキッと睨めば、

「あれのどこがデレデレに見えるんですか！　いやいやでしょう！」

ムッとした顔で見下ろしてくる旦那様。

「じゃあ私のだって同じデスヨ！」

「「ムム〜！」」

また言い合いになる私たち。火花バチバチです。

「――平行線デスネ」

「――そうだね」

あ～もうムカつく！　ひとこと言ってから部屋に引き上げましょう！

「もうっ！　サーシス様のバカ!!　そんな心の狭いサーシス様なんて大っ嫌いです!!」

「えっ!?」

さすがに大っ嫌いと言われてショックを受ける旦那様。ざまあです！

「ダリア、ステラリア、行きましょ」

動けなくなった旦那様をその場に残して、私は寝室へと引き上げることにしました。旦那様の回収はロータスよろ！

ドレスを脱ぎ髪も解《ほど》いてようやく解放！　すっきりしましたが、まだ旦那様を許したわけじゃありませんからね。

「あ〜もう今日のサーシス様ったら、めっちゃうざい」

首飾りを外し、耳飾りも取りながら、ステラリアに、まだ収まらないムカムカを口にしていると、

「侯爵家のパーティーで何があったのですか？　そんな、喧嘩しながら帰ってこられるなんて」

寝る前のお茶を淹《い》れてくれていたダリアが心配そうに聞いてきました。

「些細《ささい》なことっていうか、完全に旦那様の勘違い？　誤解？　なんだけどね――」

私は今日のパーティーでの出来事を侍女さんたちに話しました。

「それは……完全に旦那様の嫉妬《しっと》ですね」

ステラリアが生温かい笑みを浮かべています。

「奥様がお美しすぎるので、旦那様は心配なのですよ」

ダリアも苦笑しています。

「いつもお出かけ前には『誰にも見せたくない！』っておっしゃってるじゃないですか」

「あれ、いつも本気で言ってますからね、旦那様は」

他の侍女さんたちもそう言いますが、旦那様から見ると、私はそんな浮気性《うわきしょう》に見えるんでしょうか？

「イケメンだろうがブサメンだろうが、恋愛とか、浮気とかにぜんっぜん興味ないっていうのに。

まったく、私という人物をわかってませんよね、サーシス様は」

やれやれですよ。

「まあまあ。旦那様もきっと頭では理解しているけど、つい感情的になってしまうんですよ」

「いつも冷静ですけど、こと奥様のことになるとムキになられますしね」

「愛されすぎてるんです。諦めてください」

私がいつまでもプンスカしてるもんだから侍女さんたちがなだめてくれてるけど、その生温かい笑みはやめてくれるかな？

「あ〜しかし腹がたつ。ところでサーシス様はどこにいるのかしら？」

エントランスに置き去りにしてから時間が経ってますが、ずっと姿を見てません。

「ご自分の部屋にいらっしゃるのではないでしょうか。見てきましょうか？」

「いや、いいわ。もうそのままそっちで寝ればいいのに。てゆーかむしろしばらく別々の生活でもいいかも」

「ええと、それは……」

ダリアが焦《あせ》っていますが気にしません！

「ああ、そうだ！　私が別棟にプチ家出するっていうのもいいわね。でも今日はもう遅いから、明日からにするわ。とりあえず今夜は……もしかしたらサーシス様がこっちの部屋で寝るかもしれないから、久しぶりにアレ出しましょう！」

いいこと思いつきました！

まだ旦那様と私がよそよそしかった頃に大活躍してくれたあいつですよ！


「奥様？　アレって……？」

「アレはアレよ」

「「「「？・？・？」」」」

そうと決まれば早速取りに行かなくちゃ。

スキップ踏みそうな勢いで部屋を出て行こうとする私にギョッとしたのは侍女さんたち。

「奥様？　どこに行かれるのですか？」

首飾りと耳飾りの箱をあわてて片付け、私に駆け寄ってきたステラリア。

「え？　倉庫よ？　ほら、どこぞのお貴族様から結婚祝いにいただいた、クマがシャケをくわえてる木彫りの置物を探しに。前はよく境界線にって使ってたじゃない」


そう、私が取りに行こうと思ったのはあの置物です。

諸事情により同じベッドで寝るのに抵抗のあった結婚当初、旦那様陣地と私陣地を分けるためによく利用しましたねぇ。なんか懐《なつ》かしい。そんなあいつにご登場願いましょうってわけ。

すっかり最近は出番なくなってましたから、倉庫で埃《ほこり》かぶってるんじゃないでしょうか？


「「「「はあ……」」」」

やだなぁ、みんなしてそんな呆れたようなため息つかないでくださいよ〜。


侍女さん数人を連れて向かった倉庫は、時間が時間だけに真っ暗で何も見えません。

手にしている灯《あか》りを頼りに、シャケクマの置物を探します。

「あれぇ？　ちょっと前はこのあたりで見た気がするんだけど……？」

特に箱に入れるでもなく、なんとなく箱の上におかれていただけのシャケクマ像。何気に存在感があるので倉庫に入る度《たび》に『あ、シャケクマだ』と認識するくらいには目にしていました。

しかし今日に限って確かこの辺にあったはず、という場所にはありません。

「他のものを片付けるのに移動させた、とかでしょうか？」

「動かした覚えはございませんが」

「ここにいる以外の誰かが動かしてたらわからないわよ？」

侍女さんたちも別の場所を手分けして探してくれています。


しばらくみんなで探し回ったんですが、クマさんの姿はどこにも見当たりません。

「捨ててないわよね？」

「もちろんでございます」

じゃあどこに行ったのかしら。消えたシャケクマの謎《なぞ》ですね。

「クマさん自身も黒だから、暗闇《くらやみ》に紛《まぎ》れちゃってるのかしら」

「かもしれませんね。今日はもう遅いですし奥様もお疲れでございましょう？　探すのは明日にして、もうおやすみになられた方がいいですよ。湯浴《ゆあ》みもまだでございますし」

「そうね。明日にするわ」

ステラリアに促され、私は寝室に戻ることにしました。


部屋に戻ると旦那様が先におやすみになっていました。

チッ、こっちきたのか……おっと、失礼！　レディが舌打ちしちゃダメですね！

シャケクマ像は見つからなかったので、部屋にあるありったけのクッションを使ってベッドの中央にバリケード作っておきました。ふんだ。

七・消えたシャケクマの謎

「旦那様がお出かけになられますが……」

「……ぐうぐう」

「まだ寝たフリをなさるおつもりですか？」

「寝たフリじゃありません～。朝のまどろみを楽しんでるんですぅ～」

「おや、起きていらっしゃるじゃないですか。はいはい。わかりました」


いつまでたっても起きてこない私を呼びに来たロータスでしたが、私が頑《かたく》なに寝たフリをするものだから、諦め苦笑しながら部屋を出て行きました。

朝になり旦那様が起きて着替えようが、朝ごはんを食べにダイニングに行こうが、私はず～っと寝たフリ……じゃない、まどろみを楽しんでいました。ええ、まだ冷戦状態ですよ！

なんとなく旦那様が話しかけたそうにしてる感じもありましたが無視よ無視。

もちろんお見送りなんてしませんよ～だ。


「わからずやの旦那様は放っておくとして、シャケクマの置物はどこに行ったのかしら？」

旦那様がお仕事に出かけたのを確認したら、起き出して活動開始です。今日は昨日やり残したこと――シャケクマの行方《ゆくえ》を探さないといけません。

昨夜は暗くてよく見えなかったから見つけられなかっただけかも。

使用人さん用ダイニングでいつもより遅めの朝食をいただいていると、

「おや、木彫りのクマ像がないのでございますか？」

私のつぶやきを聞き留めたロータスが聞いてきました。

「そうなの。昨日、倉庫を探したんだけど見つからなくて。もしかして捨てちゃったとか？」

「いいえ。捨てたという記憶はございませんが」

「ですよねぇ。重要なものじゃないとはいえ、いちおうは結婚のお祝いにともらったものだから、むやみに捨てられないわよね」

「そうでございますね」

ロータスも頷いています。

そう。別にたいして気に入ってるとか大事だということもないけど、いきなりなくなったというのは気になるものです。

「もう一度倉庫を探してくるわ」

「では、私は他の使用人に聞いておきましょう」

「お願いしま～す」

朝食を食べ終えた私は、侍女さん数人と一緒に、もう一度倉庫へ向かいました。

「ついこの間はここで見た気がするんだけど」

「そうですね～。でも意識して見たわけじゃないので断言はできませんが」

「確かに」


侍女さんたちと手分けして倉庫の中を探しています。

シャケクマ像は、箱に入れたりせず〝ぽんっ〟と何かの箱の上に無造作に置いてあったので、下の箱を取り出す時に邪魔で、どこかにどかせたのかも？

「下の箱に用事があってどけたとか？」

「そんな覚えはありませんねぇ」

「ないですねぇ」

「誰か最近シャケクマに触った覚えある？」

「「「「ないです」」」」

一斉に首を横に振る侍女さんたち。少なくとも、ここにいる侍女さんたちはしばらく触れてないそうです。

「そっかぁ。仮にどけたとしても、箱の中にわざわざしまったりしないでしょうから、どこか近くに置くわよね」

「そうですね」

箱を開けてみたり、怪しい扉《とびら》を開けてみたり。倉庫といえどもきちんと整理整頓されているので意外と探しやすいです。さすがはうちの使用人さん！　……違くて。

話しながらも手は休めず探しますが、どこにも見つかりません。


「う〜ん、別のところも探してみようかな」

「それがいいですね」

そうしましょう、と話は決まり、私たちは倉庫をあとにしました。


次にありそうなのは……と考えて、私たちは別棟にやってきました。

「実は別棟に飾ってました〜、とか」

「まあなきにしもあらずですね」

別棟は、最近はもっぱら義父母たちの滞在時に使われていたので、入るのは久しぶりです。シャケクマ像は見た目がけっこう渋いから、お飾り用に引っ張り出されてるとか？

玄関、リビング、寝室。

さほど広くない別棟ですから、あっという間に捜索は終わりです。そしてやはりありませんでした。

「ないか～」

「なかったですねぇ」

ちゃんとベッドやソファの下も確認したんですよ！

「あっ！」

「どうしました？」

「うん、今ね、指輪が外れちゃったの」

「え？　それはまたどうして」

「手をついた時に絨毯に引っかかったみたい」

ソファの下を確認するのにしゃがんで覗《のぞ》き込んでいたのですが、立ち上がろうと手をついた拍《ひょう》子《し》に指輪が絨毯に引っかかってしまったんです。アッと思って手を引いたらするり、と指輪が抜けたので焦りました。

「あぶな～い。こんな簡単に外れるなんて」

「奥様の指が華奢だからですわ。乾燥しすぎると普通にしてても外れてしまいますよ」

「気をつける！」

危ない危ない。お高いものですからね、気をつけないと！

別棟まで来たので、ついでだからベリスにも聞いてみるかということで、温室に寄ってみました。


「木を隠すには森の中って言うしね！」

「木は木でもクマ像はすでに加工された木ですから、隠せないと思いますけど」

「じゃあ、さりげなく〝温室に住んでますよ〜〟的な感じで置かれてるとか？」

「温室にクマがいても、それはそれで問題かと」


侍女さんたちの容赦《ようしゃ》ないツッコミを受けながら、ベリスを探す前に、わさわさと茂った植物たちの間を探したりしてみます。シャケクマ像って、黒いから木の陰とかに隠しやすそうだし。


「ないなぁ」

「ですねぇ」


あちこち探してみましたが、やっぱり見つからず。


「ここはやっぱりベリスに聞くべきよね」

「それが早いですね」

「温室《こ》に棲《す》んでるもんね」

「ですです」


ということで、ベリスを探すことにしました。

「あ、いたいた、ベリス～」

こちらに背を向け、しゃがみこんでいる広い背中を見つけて声をかけました。

新しい花を植えていたのか土をいじっていたベリスが、すっと立ち上がってこちらを振り返りました。相変わらずの威圧感ですが、もう全然怖くないもんね。

「……なんでしょうか。今日の花はあちらですけど」

いつも通りの無愛想な感じで咲いている花を指差していますが、今日の用事はそれじゃない。

「あ、花じゃないの。あのね木彫りのクマさん見なかった？」

「は？」

「黒いクマがね、シャケをくわえてる木彫りの像」

「そんなものがどうしてここに」

「……だよね」

ベリスの鋭い眼光がじっと私を見てきます。『そんなものここにあるわけないだろ』。目で語るとはこのことだ！

だよね～、あるわけないよね～。あはははは！

仕事の邪魔してごめんあそばせ！

「見かけたら教えてね！　それじゃ！」

「はあ」

これ以上お邪魔してブリザード吹き出してきても困るんで、私たちはそそくさと温室をあとにしました。


「もしかして、庭園のどこかにあるとか……？　でも広すぎて探せないわ」

「本気で探すとしても……いったいどれほどかかることやら、見当もつきませんね」

木を隠すには（以下略）、で、この広大な庭園のどこかに隠されているとしたら、私たちが探すには限界あると思います。

「ここは庭師たちにお願いしておくのがいいかと思います」

「それがいいね！」

庭師さんたちは毎日どこかを手入れしてるから、隅から隅まで把握してるはず。

「本館のどこかにあってほしい、と願う。庭園は、できればパスしたいし」

「そうですねぇ」

ということで庭園は庭師さんたちに任せて、私たちはまた本館に戻ってきました。

サロンやダイニング、大広間、普段使わない客室なんかも探してみましたが、それでも見つかりません。

「だからと言ってここにはさすがにないでしょう、マダ～ム」

「ほら、薪《たきぎ》が足りないって言って燃やしちゃったとか？」

「ないない」


カルタムが厨房で苦笑いしています。探すところもなくなり行き着いたのが使用人さん用ダイニング&厨房。可能性が一番低いとは思いますが念のため……というのは建前《たてまえ》で。

そろそろ疲れてきたので休憩したいな～というのが本音です。

そっか～。やっぱさすがに厨房にはないか～。

カルタムも『見てないし、燃やしてない』って言ってますしね。

「せっかく厨房にきたんだから、ちょっとお茶休憩してから次の場所を探しに行きましょう！」

「はいはい。ではお茶淹れましょうね～」

「マダ～ムのための焼きたてのお菓子もありますよ～」

「わ～い！　やった～！」

さんざんお屋敷の中を探しまわってあちこち触ったから、おやつをいただく前には手洗い忘れずに。清潔なハンカチで手を拭いたら席に着いて、

「「「「いただきます」」」」

美味しいお菓子とお茶をいただいて満足満足。疲れたから、旦那様が帰ってくるまでちょっとお昼寝でもしよ……おっと、シャケクマ像の捜索忘れそうになってたわ。

せっかくおやつをいただいて落ち着いたことだし、むやみに動き回るのはいったんお休みして、安楽椅子探偵《あんらくいすたんてい》よろしく捜査会議といきましょうか。

「こんなに探して見つからないとすると、これはもう事件の香りが……」


きらりん。私はサファイアブルーの瞳を光らせました。

「おそらくそんな大きな話じゃないと思いますけどね」

ステラリアや他の侍女さんたちがおかしそうに笑ってます。私は真面目《まじめ》なのに〜。

「とにかく〜！　これはもう、人為的に隠されたとしか思えないのよ」

「まあ、あれだけ倉庫の中を探しても見つからなかったんですから、誰かが意図的に倉庫から持ち出したとは思いますけど」

「でしょう？」

ステラリアが同意してくれたので満足です。

「問題は、誰があのシャケクマに恨《うら》みを持っていたか……」

「恨みって」

「隠してしまいたいほどに憎く思ってる人物――」

「そんな、誰もあのクマ像に対してそこまでの感情持ってないですよ〜」

「奥様ったら〜」

侍女さんたちが笑い出しました。

もう、私がせっかく探偵気分になってるっちゅーのに！

「でもでも～！　あっ！」

「奥様？」

「どうなさいました？」

「？」


侍女さんたちがおかしそうに笑っている中、私はたった一人、当てはまる人物を思い出しました。


「旦那様ですよ！」

「「「「あ～……」」」」


私の言葉に生温かい微笑みになる侍女さんたち。ほら、思い当たるフシありありでしょ？

「そういや旦那様、なにかとクマ像に阻《はば》まれていましたね」

「そうそう」

「たま～にクマ像のこと、忌々《いまいま》しそうに見てたし」

「あ、それ、私も見たことある！」

「「「「あ～……」」」」

みなさんの顔に『あ～、やりかねないわ』と書かれています。

さあ犯人がわかれば行動あるのみ！

「そうとわかれば旦那様が隠しそうなところを探すのよ！」

私が勢いよく虚空《こくう》を指差していると、

「旦那様がおられる場所って限られていますよね。寝室か、書斎か、サロンか……」

横ではステラリアが顎《あご》に拳を当てて冷静に考えを巡らせています。むう、そっちの方が賢そうだ
……って、まあそれはいいとして。

「でもサロンはさっき探したけど見つからなかったわ。ということは、寝室か、書斎のどちらかね。

でもサーシス様のことだから、もうすでに処分済みとか」

「「「ありますね」」」

私たちが忘れているうちにこっそり捨てちゃってるとか、旦那様ならやりかねない。

「じゃあ、お茶飲み終えたら寝室を探してみましょうか」

「「「はい」」」


私たちはおいしくお茶を味わってから、寝室に移動しました。


「サーシス様が寝室に隠したとしたら、私がシャケクマを探しに倉庫に行ってる間、よね」

「隠したのが昨日なら、ですね」

「そう。もう捨てられてるかもしれないけど」

「とりあえず隠せそうなところを探しましょう」

「寝室、無駄《むだ》に広いからどこにでも隠せるよねぇ」

「「「そうですね」」」


また今度も手分けして、寝室のあちこちを探しました。

ベッドの下、ソファの下、そして衣裳部屋とも言えるクローゼットの中などなど。

「見つからないわねぇ」

また膝《ひざ》をついてベッドの下を覗き込んだりしたので、私は皺《しわ》になったスカートをパンパンと払って伸ばしました。

「もう処分されてしまってるのでは？」

「いやいや、まだサーシス様のお部屋を探してないわ。こうなったら徹底的に探すのよ！」

「まさか奥様がそこまであのクマ像を大事に思っているとは知りませんでしたわ」

「何を言ってるのかしらステラリアは。なくても全然困らないけど、もうこれは意地ね」

「ええ〜……」


さあお次はサーシス様の書斎よ！

私が意気込んで寝室を出たところで、

「奥様。例の木彫りのクマ像が見つかりました」

扉の外でロータスにバッタリ会い、『シャケクマ像』発見の知らせを聞きました。

「え？　え？　どこにあったの？」

「旦那様の書斎でございます」

「やっぱり！　真犯人はサーシス様だったのね！　真実はひと〜つ!!」

「はあ」

「で、書斎のどこにあったの？」

「こちらでございます」

ロータスに続いて旦那様の書斎に入りました。ぱっと見た感じ、どこにあるかわかりません。

私がキョロキョロとしていると、

「こちらでございます」

ロータスはためらう様子もなくスタスタと旦那様の執務机に近付くと、静かに椅子を引きました。


机の下、ってこと？


私もロータスの横に行って机の下を確認すると——ありました。黒々としたシャケクマ像が。

はあ、もう。

私はため息をつきながら机の下に潜《もぐ》ってシャケクマ像を取り出しました。

「ここに隠してたのね」

「はい。先ほど掃除に入った使用人が見つけました。おそらく昨夜、奥様が寝室に入られた後、倉庫から取ってきたと思われます。昨日はございませんでしたから」

「サーシス様ったら、私がこれを持ち出すと思ったのね」

図星《ずぼし》なのがなんか悔しい。


「とりあえずシャケクマがここにあるのが、サーシス様が犯人だという何よりの証拠！　サーシス様が帰ってきたら問い詰めなきゃ」

「まあ、穏便《おんびん》に」


別に特別シャケクマ像に愛着あるわけでもないけどね。


「お帰りなさいませ旦那様」

「えっ？　ヴィー？」

私が出迎えに来ないだろうと思っていたのか、旦那様は私の顔を見て驚いていました。

「あ、ああ、ただいま」

気のせいか、目が泳いでません？

そんな落ち着きのない濃茶の瞳をじっと見つめて、私は言いました。

「お疲れのところ申し訳ないのですが、旦那様にお聞きしたいことがあります」

「ええ？　なんだろう。それに呼び方がよそよそしいね」

「そこは今関係ないです。ここではなんですから、まあサロンに入ってお話ししましょうか」

「嫌な予感しかしないけど」

「つべこべ言わない」

「はい」

渋る旦那様を引っ張って、私はサロンに向かいました。


「私は昨日から、木彫りのクマ像を探していました。ご存知ですね？　クマがシャケをくわえてるアレです」

「いや……昨日は僕の方が先に寝たからよくわからないけど、そうなの？」

「そうなんです！」

私たちはサロンのソファに座ってますが、いつもと違って対面に座っています。

旦那様は広い方のソファに、私は一人掛けの方に。

私がずいっと旦那様の方に体を乗り出せば、反射的に仰《の》け反《ぞ》る旦那様がますます怪しい。

確かに昨日、旦那様は私よりも先に寝てましたけどね！　私と一緒にいなかった時間のアリバイ教えてくださいよ。

「昨日、旦那様と私は喧嘩をしましたね」

「まあ、そうだね」

「旦那様は、きっと私がシャケクマを持ち出してくると考えましたね」

「そ、そんなことはないよ」

「いいえ。少し前までは大活躍だったシャケクマ、こういう時に私が持ち出してくるのは容易に想像できたはず」

「…………」

私が本に出てくる探偵さんのように旦那様を問い詰めれば、さらにそわそわと泳ぎだす濃茶の瞳。もう白状したも同然ですよ？

「そして今日私は、さんざんいろんなところを探し回りましたが、ようやく見つけたんですよ。どこでだか、わかります？」

「……ええ、と」

「そう。旦那様の書斎、執務机の下です！　そんなところに隠せるのは旦那様、あなたただ一人です！」

ビシィっと旦那様を指差せば、

「見つかったかぁ……」

そう言って苦笑いになる旦那様です。


「まったく、なんで隠したんですか」

一段落したところで運ばれてきたお茶を飲み、さっきよりはトーンダウンして話しています。

犯人が見つかったのと、旦那様が素直に罪（？）を認めたのとで気分はスッキリ。

ケンカしてたのも、なんかもう、どうでもよくなりました。

「喧嘩はしたものの、ヴィーと離れるのはやっぱり寂しくてね。きっとヴィーのことだから、また『境界線！』とか言って、あいつを引っ張り出してくるだろうって思ってさ。昨日は僕もイライラしてたから、『じゃあ隠してしまえ』って」

隠せばいいって……発想が単純か！

「旦那様は子供ですか」

「あ～うん、ごめんなさい」

「旦那様がそんなんだから……」

「ねえ、もうそろそろ『旦那様』呼びやめて。地味に堪《こた》える」

私がじとんと旦那様をにらめば、手を合わせてお願いしてきました。

「もうっ！　今度喧嘩した時には別棟にプチ家出しますからね！」

「ええ〜。それはほんとに勘弁して」

シャケクマ境界線どころか別棟に家出の方がお嫌なようで、旦那様はその綺麗な顔をしかめました。


「それで、昨日のことは反省したんですか？」

「もちろんだとも。僕が悪かったよ。疑うことなんてこれっぽっちもないのに」

「そうですよ〜。サーシス様以外の人なんて見ないのに」

そもそも枯れ子ですよ？　旦那様しか見てないですよ！

「うう、ヴィー……っ！」

「これからはそんなしょーもない嫉妬、しないでくださいね」

「もちろんだとも！」

八・喧嘩、のち、普通の日常

無事にシャケクマ像も見つかったし、旦那様とも仲直りしたしで夫婦喧嘩は一件落着《らくちゃく》。いつも通りのお気楽使用人さん生活……げふげふ、奥様生活に戻りました。

「何のプレッシャーもないこの生活がすごくいいわぁ。お仕着せサイコー。社交《おしごと》とか、もうどうでもいいからずっと引きこもっていたい」

私は銀食器を磨き上げながらため息をつきました。『幻の奥様』の二つ名復活でも全然オッケーです。

一心不乱に磨いた繊細な彫刻の施《ほどこ》されたスプーン、その美しさにうっとりしました。傷一つなくまるで鏡のよう。私ってば食器磨きの天才じゃない？

「予定が詰まる時と開く時と、波がございますからね」

「でも、しばらくは何もないんじゃないの？」

一緒に食器磨きをしていたステラリアに聞き返しました。ロータスからは何も聞かされてないけど。

「そうでございますね。細かな招待はいつも通りいくつもきていますが、どれもロータスと旦那様が『行かなくていい』と判断してるみたいですよ」

「グッジョブ！」

社交は極力遠慮したいです。


「ただいま、ヴィー。今日も楽しく過ごせてたかな？」

「おかえりなさいませ！　もちろん今日も楽しく過ごしてましたよ」

たぶん旦那様の想像してるような過ごし方ではないけどね！　でも機嫌よく過ごしていたには変わりありません。


いつも通り旦那様と一緒に晩餐をいただいていると、

「今度王宮でプライベートなパーティーをするんだって。招待客もごく限られた人だけのものなんだけど、今日、陛下から直々《じきじき》に招待されたよ」

旦那様からいきなり聞かされた『国王様主催のプライベートパーティー』。

あれ。当分社交はなかったはずなのに？　おっかしいなぁ？

しかもこれは『国王様』から『直々に招待』されたものだから、お断りできないやつですよね。

「……そうなんですね。いつですか？」

大丈夫。もうこんなの慣れっこです。当初のお約束ですしね！

「来週。本当にプライベートなものだから、盛装じゃない、気楽な服装でいいって」

「いやいや、王宮に行くのに〝気楽な格好〟ってありませんよね？」

「まあね」

国王様、適当なこと言わないでくださいよ。

まあ、ドレスはクローゼットによりどりみどりありますから慌てませんけど。でも『プライベートパーティー』って、どんなんでしょう？　よくわからないから後でステラリアに聞いてみよう。

「そういうことだから、準備しておいて」

「はあい」

「陛下が、この間作ったペアリングを自慢するんだと張り切ってたよ。僕たちも忘れずに着けていかないと。もしくは新調するかな？」

「いやいや、新調しなくても。ほら、私、あれ気に入ってるんで」

「そう？　まあ僕も気に入ってるんだけどね。――指輪といえば、最近指輪を着けてる人がまた増えたなぁ」

「そうなんですか？　それは男の人が？」

「そう。陛下と王妃殿下が着けてるのが宣伝効果抜群だったね」

国王様たちにペアリングを納品してからというもの、とても気に入ってくださったようでいつも嵌めてくださっています。

その前から私たちが宣伝に励んでいた効果もあってペアリングはじわじわ浸透してきていたのですが、やっぱり国王レベルは違いますね、爆発的ヒットとなりました。

先日の、サングイネア家のパーティーでもけっこうお見かけしました。

「男の方が指輪を嵌めるのに抵抗のない文化でよかったですよね」

「ほんとに。逆に、なぜ今までこの文化がなかったんだろうって感じだよね」

フルール王国では男の人でも自分の家の家紋の入った指輪を嵌めたりすることもあるので、アクセサリー感の強い『指輪』でも、『おそろい？　いいね！』というノリで着けてもらえる土台があったからこそ売れたんでしょう。

「あと、アウレアが結婚指輪の話を広めたりしてるから」

「アウレア様が？」

「うん」

ヒイヅル皇国から帰国したばかりのアウレア様は、フルールに帰ってきてからは留学先で学んだことを伝えつつ、王宮で文官として働いているそうです。

「いつもカフェテリアで職員を侍《はべ》らせてるよ」

「女の人ですか？」

「当然でしょ。男侍らせてたら気持ち悪い」

どよんとした顔で答える旦那様。

やっぱり旦那様は、先日の夫婦喧嘩の引き金になったアウレア様にいい感情を持っていないようです。わかりやすいなぁ。

「逆ハーレム……確かに……ちょっとアレですね」

「昨日たまたま通りかかったら絡《から》まれた」

あまり関わりたくないらしく、話しかけられただけでげんなりしています。

「サーシス様とアウレア様……どんなお話をするんですか？」

「挨拶くらいならすれ違った時にするけど、昨日は例の指輪の話をしていたらしく、僕に『普段は着けてないのか』って聞いてきたから、『仕事中はチェーンを通して首に下げている』と言っておいた」

何度も言いますが旦那様のお仕事は近衛の騎士様です。王族の方々のそば近くにお仕えしているので、有事の際には剣を振るわなくてはなりません。そのため常日頃から剣の稽古や鍛錬《たんれん》なんかがありますので、指輪なんかをしていたら邪魔になってしまいます。それでもどうしても常に身に着けていたい旦那様は、指輪にチェーンを通して着けているんですよ。

「なんか、あの、ニヤニヤとした顔がむかつくんだよな。『みんな着けてるのに公爵様は着けてないんですか？』みたいな？　僕とヴィーの仲を疑ってるような感じがさ」

何かスイッチが入ったようで、旦那様がブツブツと文句をたれています。

「だから絶対今度のパーティーには着けていくよ！」

「はいはい」

これはアウレア様（招待されていたら、ですけど）に見せびらかすつもりですね。

「急にプライベートパーティーって、またどうして」

「たまに開かれていますわ。きっと王妃様や姫君たちが奥様のことをご招待したかったんじゃないですか？」

旦那様から聞かされたパーティーの支度を考えながら、私はステラリアに愚痴《ぐち》っていました。

結婚してからパーティーにはいろいろ参加してきましたが、『プライベートな集《つど》い』というのは初めてです。女の人だけのお茶会、というのともまた違うみたいだし。〝気楽〟な〝王宮〟の〝パーティー〟……って、いろいろ単語が矛盾してね？

旦那様たちのような生粋《きっすい》のお貴族様ならスマートにこなせるでしょうけど、私みたいな社交経験値の低い者からしたら無理難題にしか思えない。よっぽど普通のパーティーの方が気楽だと思うんですがどうでしょうか。

「そんなのお呼ばれしたことないから、どうしていいやらさっぱりわからないわ」

「いつものパーティーよりも気楽ですから、そんなに構えなくても大丈夫ですよ」

「気楽気楽ってみんな言うけど、いったいどんな感じなの？」

「そうですねぇ。音楽を聴いたり軽いお食事やお茶菓子をつまみながらおしゃべりするって感じでしょうか。男の人はお酒を嗜《たしな》んだりされますよ。ダンスはありません」

「ふむふむ」

「夜のお茶会、とでも考えておけばよろしいかと思いますよ」

「なるほど」

「私が王宮にお仕えしていた頃は、王宮のプライベートスペースにあるサロンで行われていました」

「いつもの大広間じゃないのね」

「はい。招待客が少ないですから」

「なるほど」

ステラリアに大まかな話を聞いて、なんとなく様子はわかってきました。誰か――バーベナ様とか、アイリス様とか――私の知り合いも招待されていたらいいですけど。


「着ていくドレスとお飾りも準備しておかなくちゃね」

「そうですね」


支度は早めに済ませておくべし。何か足らないものが出たらすぐに用意できるようにね！

ということで、私は早速今度のパーティーに着ていくドレスやお飾りの準備をしています。

仕事に向かう旦那様をお見送りしてから、私は寝室に引き上げました。

いつもの私ならここですぐさまお仕着せに着替えるのですが、今日は先にパーティーの準備をしてしまおうということで、普段着のままクローゼットを覗いています。

「ドレスはクローゼットの中にあるもので大丈夫よね。お飾りも、今まで作った中から選べばいいし」

私のセンスは微妙ですので、ステラリアと一緒にクローゼットの中をチェックしながらあれこれ考えています。

「どれも素敵なドレスばかりですね」

「……ほとんど袖《そで》通してないものばっかりだけど」

「おほほほほ！」

結婚した時にはすでに用意されていたドレス。そういえばお義母様《かあ》に『どれもこれもヴィーちゃんに合ってないわね』って言われてましたっけ。ずいぶん前の話だけど。

お飾りは『ヴィオラ・サファイア』一択《いったく》ですから、それに合うドレスを選びましょう。前回のパーティーではパステルイエローのドレスを着ました。今回はダンスもない、落ち着いた夜のお茶会（みたいな感じ）ということなので落ち着いた色がいいかな？

私は紺色《こんいろ》のドレスを手に取りました。

「これなんかどお？」

「地味です、却下《きゃっか》」

「ええ～」

ステラリアに一瞬で却下されました。

「夜陰《やいん》に紛れるおつもりですか？」

「いや、そんなことは……」

さらに追い討ちでダメ出しくらいました。とほほ。

「じゃ、じゃあ、この水色は？」

「水色や青系はよくお召しになっていらっしゃるので、新鮮味に欠けませんか？」

「おっしゃるとおりで」

私の瞳が青色だからか、けっこうな頻度《ひんど》で青系のドレス着てますよね。これも却下されました。

「う～ん、ピンクは私じゃないっつーかキャラじゃないっつーか……。紫《むらさき》もビミョーに似合わないし……」

色とりどりのドレスを見ながらどれにしようか決めかねていると、

「たまには赤もいいのではありませんか？」

「赤？　う～ん、あんまり着ない色よね」

「赤と申しましてもド派手な赤ではなく、しっとりと落ち着いたワインレッドなどはいかがですか？」

ステラリアが赤ワイン色のドレスを取り出しながら言いました。

飾りのない、シンプルなドレス。シルクサテンの艶《つや》やかな光沢が綺麗です。

「おお～。派手すぎず地味すぎず、ちょうどいいかも。でも私にはちょっと大人っぽすぎない？」

「そんなことございませんわ。とてもお似合いです」

「ステラリアがそう言うなら大丈夫ね。オッケー、これでいきましょう」

まずドレスが決まりました。

「ネックレスとイヤリングは、ドレスがシンプルなので大ぶりでもよさそうですね」

「そうね。それにドレスの胸元が、けっこう大胆《だいたん》に開いてるものね……」

貧弱な胸をさらけ出すのがいたたまれなくて小声になっていると、

「大丈夫、今回もしっかり寄せて上げますから」

ビッと親指立てないでくださいステラリアさん！

流石《さすが》に前回と同じものというわけにはいかないので、最初にヴィオラ・サファイアで作ったネックレスとイヤリングを着けることにしました。


「これで準備できたかな……あ、指輪ね。指輪を忘れてたわ」

「旦那様が『絶対に着けていく』とおっしゃっていましたね」

「そうそう」

旦那様とお揃いペアリング。

普段、旦那様はチェーンを通して身に着けていますが、私は〝お仕事〟がありますからね、いつも着けていません。掃除や洗濯をしたり土をいじったりするんです、落としたり汚れたりしたら大変じゃないですか。

旦那様は『いつも着けていてほしい』って言うけど、そこは『高価すぎて毎日着けられません！』とお断りしています。


「あら？」

クローゼットの中、宝飾品をしまっているところを探していたステラリアが声をあげました。

「どうかしたの？」

「はい……。指輪ですが、前回お着けになられたのって……」

「この間のアイリス様のお誕生日パーティーよ」

「でございますよね……」

ステラリアが何か考えごとをしているようです。どうしたんでしょう？

そっとステラリアの後ろからお飾りたちのしまわれている引き出しを覗けば、いつもの宝石商の箱が整然と並べられていました。

その中にはもちろん指輪の箱も。

「どうしたの？」

「奥様、あの日、帰ってきてから指輪を外しましたか？」

「あの日……」

ステラリアの質問に、私はあの日のことを思い浮かべました。

あの日はパーティーの帰りの馬車で、旦那様と喧嘩したんですよね。それで、バリケードを築こうと思ってシャケクマ像を探し回ったんでしたっけ。

「——外した覚えがないわ」

「わたくしも……首飾りと耳飾りを片付けた覚えはあるのですが、指輪をしまった覚えがございません」

「「…………………」」

二人の間に嫌な沈黙が流れました。

「……そして次の日は使用人仕事もなさらずにクマ像を探しておられた」

「そうね。……ああ、そういえば別棟でシャケクマを探してる時、絨毯に指輪が引っかかって落ちたということもあったわ」

「そのあとは……どうなさいました？」

「落とさないように気をつける！　とは言ったけど、あのあと着け直して……やっぱり外した覚えが……ない。え？　まさか、指輪がないってこと？」

「そうでございます」

「え？」

「この箱は空箱でございます」

「えええええ～～～!!」

……続きはドラマＣＤにてお楽しみください。

原作本紹介

アリアンローズ http://arianrose.jp

ハイスペック・ハイ残念な旦那様との
お気楽お飾り妻堪能ライフ!

誰かこの状況を説明してください!

～契約から始まるウェディング～

徒然花 イラスト/ **萩原 凛**

「私はお飾りの妻を欲しているんですよ」

貧乏貴族令嬢のヴィオラに舞い込んだ結婚話。けれども、おいしい話には裏があった。衣食住を保証された契約結婚の先に待つのは幸福か不幸か!? 貧乏令嬢×旦那様の"契約"ウェディング・コメディ☆

①～⑥巻好評発売中!

ふたりの娘が生まれる前のエピソード

使用人さんたちにスポットをあてた一冊

⑦～⑧巻好評発売中!

変わりつつあるふたりの関係は番外編でも!?

誰かこの状況を説明してください!

～契約から始まったふたりのその後～

誰かこの状況を説明してください!
～契約から始まったふたりのその後～

2018年6月20日　第一刷発行

著者 ……………………………………… 徒然花
イラスト ……………………………………… 萩原 凛
発行者 ……………………………………… 辻 政英
発行所 ……………………… 株式会社フロンティアワークス
〒170-0013 東京都豊島区東池袋 3-22-17
東池袋セントラルプレイス 5F
営業　TEL 03-5957-1030　FAX 03-5957-1533
印刷所 ……………………… 大日本印刷株式会社
編集 ……………………………………… 原 宏美
装丁デザイン ………………… 鈴木 勉 (BELL'S GRAPHICS)
タイトルロゴデザイン ………………… ウエダデザイン室